スーパーカブ

Super Cub

TONE KOKEN
illust: HIRO

トネ・コーケン

イラスト：博

礼子
reiko
小熊
koguma

——椎 shii——
スーパーカブと、
カブで繋がる友達との日常。

役に立つか立たないかじゃない。
このカゴを付けたいから付ける。

修復を終え、
前カゴが取り付けられたカブを改めて見た時、
小熊はそれが愛着というものだということに気づいた。

スーパーカブ reserve

トネ・コーケン

角川スニーカー文庫

22403

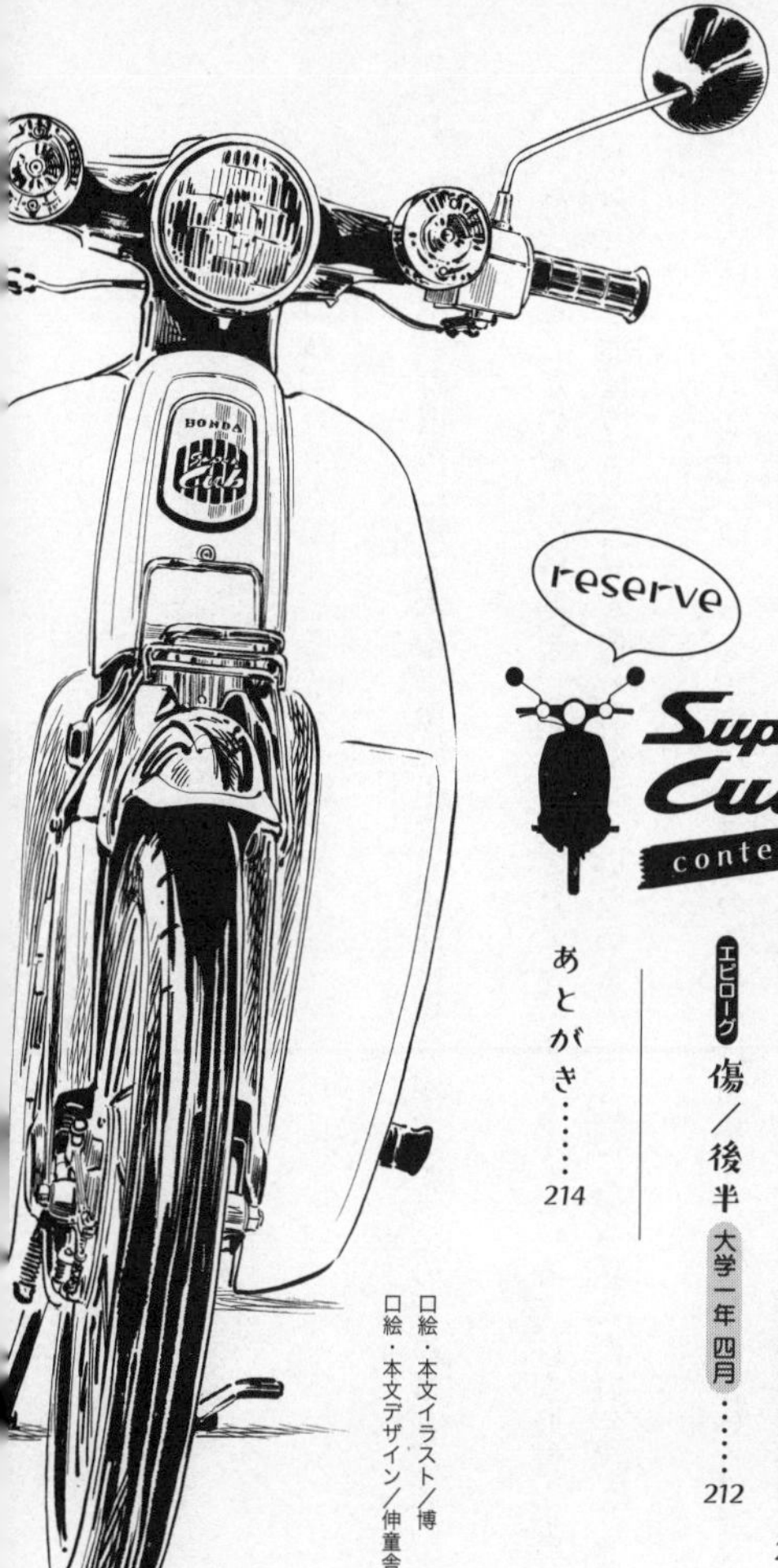

reserve Super Cub contents

口絵・本文イラスト／博
口絵・本文デザイン／伸童舎

（プロローグ）傷／前半　大学一年　四月

この家は陽《ひ》当《あ》たりが良すぎるのかもしれない。

東京都下、町田市にある木造平屋の中で、小熊《こぐま》は自分が大学生活のため借りた家の中を見回していた。

高校生としての最後の時間を、東京を巡るバイクツーリングという奇妙な時間と共に終わらせた小熊は、まだ家具が何も置かれていない家の壁と畳に染み込んだ経年劣化の痕に触れた。

溜《た》め息《いき》をつく気分にはならなかった。表面の色褪《あ》せは簡単に再生できるということを、カブを整備した経験でよく知っている。少なくともこの家は、バイクでいえば修復に手間のかかるエンジンやフレームに相当するような、柱や基礎、そして屋根の強度に関しては、問題ないということを不動産屋の弁だけでなく、実際にこの目で見て確かめた。

水回りもリフォームして間もないらしく、経年劣化している部分は無い。とりあえず何とかしなくてはいけないのは、陽に焼けた内装。

　2LDKの平屋に二つある和室の一つに入った小熊は、床を這《は》って畳に触れた。表面は新しい畳の青みを失い、退色しているが、擦り切れや表面の硬化を起こしている様子は無い。畳は状態が悪ければ新しい物に交換するか、畳を上げてフローリングにでもしようかと思っていたが、これは捨てるのが惜しい。ホームセンターに売っている畳の再生スプレーでも試してみようかと思った。

　続いて濃茶色に染まった木造の柱と床。これは修繕の必要が無い。むしろ新築のまだ淡い色の木材よりも、重厚な質感を放っている。ワックスくらいは塗ったほうがいいが、それで充分。

　最後は壁。この家の劣化を最も印象づける、昭和の木造家屋でよく見かけた砂壁。こちらも畳と柱の中間くらいの濃さで茶色く変色し、壁際の床には僅かに剝《は》がれた砂が落ちている。

　この壁はちょっと腰を据えて何とかしなくてはいけない。そう思いながら施工の手順を決めるべく、室内のあちこちの壁に触れた小熊は、予想される作業量の多さに、落胆よりもどこか心が高揚する、バイク趣味で良好なレストア素材を得た時のような気分を味わいながら、二つ目の和室に入る。

最初に入った六畳の和室と同じような作りながら、広さは四畳半ほどの室内を見回した小熊は、窓から外を見た。

床まである掃き出し窓の向こうには、小さな縁側があり、そこに自分のカブを駐《と》めている。

カブが見える部屋というのは悪くない、と思いながら、もう一度部屋を検分した。

窓が大きいだけに、陽光による劣化は先ほどの和室よりひどかったが、同じような手順で修復可能だろう。畳を再生し、壁を塗り、そして柱には何もしない。押し入れのある部屋だったが、襖《ふすま》も張り替えたほうがいい。

どこか自分のカブに似ている家だと思った。中古で買ってから二年弱。日々の使用に応じて見た目には傷や汚れが見られるが、その中に納まった機関はきわめて好調。車体のあちこちに残った傷もまた、今までの二年間が刻まれた、車体に残る記憶。

窓を開けて縁側に出た小熊は、カブの傷跡に触れる。小熊がこのカブを手に入れた高校二年の六月からの思い出が蘇《よみがえ》った。

（1）セカンドマシン　高校二年　九月

小熊はスーパーカブに乗ることで、世に多く居るバイク好きや車好きと言われる人たちの存在を知った。

移動機械に金と愛情を注ぐ彼ら、あるいは彼女らの多くは、セカンドカーというものを持っているらしい。

好きで好きでたまらない気持ちと共に手に入れた自分の愛車が、ただ純粋に走ることを楽しむ以外の日常的な使用。たとえば近所への買い物や家族の送迎、あるいは親戚の目がある法事や結婚式などの時、必ずしも乗り手の求める用途を万全に果たしてくれるとは限らない。

趣味性の高い車やバイクの中には、真夏の渋滞ですぐにオーバーヒートしてしまったり、いつ止まるかわからなかったり、操縦者以外何も荷物を積めなかったりする物も存在する。

一般人の基準では到底まともな物とは言えない外見と排気音を有する物も多分にあり、当然、実用バイクながら趣味バイクとしても馴染《なじ》みの深いスーパーカブの中にもそんな改造車は多々ある。

それらの人たちの多くは、自分の愛車とは別に日常の足に使うセカンドカーを持っていて、ラノベのメインヒロインを支え、時にメイン以上の存在感を発揮するサブヒロインのような存在のセカンドカーは、魅力的な車やバイクに乗り続けるためには必須だという。

小熊はスーパーカブにそこまで過度な執着を抱いていない。そもそもスーパーカブは趣味で走り回ることはもちろん、日常的な用途の全てをこなすために買ったもの。人目のある場に乗っていく時も、まぁ貧乏だと思われることはあるのかもしれないが、それはその通りなだけにやむをえないと思っている。

もっともスーパーカブ一台で充分な小熊の暮らしにも、セカンドカーといえる物が無いこともない。

パナソニック・レギュラー

小熊がスーパーカブを買う以前から乗っていた、韮崎《にらさき》のデパートで催された倒産品即売会で一万円少々で買った、未使用中古の自転車。

荷台やフレーム、タイヤが太く丈夫な、いわゆる実用自転車と呼ばれる車種。一昔前の米屋や酒屋が乗っているのをよく見かけた古臭い自転車は、小熊が知る限り一度も壊れたことが無い。

カブに乗るようになって使う事の無くなった自転車は、処分するにも金がかかるのでそのままアパートの駐輪場に置いてある。

小熊の暮らすアパートの駐輪場は、カブと自転車を置いてもまだ充分な余地があって、カブを出し入れする時にも邪魔にはならない。それゆえ、自転車は半ば存在を忘れられていた。

そんな自転車に小熊が再び乗ることになったきっかけは、カブの思わぬ故障。

小熊が昼下がりの暇に任せて地元の山道を走り回っていた時、山梨県内では場所を問わず時々見かけるニホンザルを避《よ》けた拍子に道路脇の木々にカブを突っ込ませてしまい、悪意を持っているかのように突き出た硬い木の枝でヘッドライトのレンズを割ってしまった。

ヘッドライトはガラスレンズだけでなくその中の反射板までヒビが入っていた。電球はまだ生きていたが、日が暮れると真っ暗になる山梨の田舎道を、こんないつ切れるかわからない状態で走るのは危険が伴う。それにこのままでは整備不良で捕まえてくださいという札を下げて走るようなもの。

　調べてみたところ、レンズと反射板が一体になったヘッドライトユニットは、新品を注文して取り寄せるとそれなりに高価《たか》い。そこで小熊はネットで多数見かける中古部品で直そうと思った。


　学校のＰＣで調べてみると、個人から業者まで、カブのヘッドライトユニットはあちこちで売られていた。小熊はその中でも値段が折り合い、状態の良さそうなものをクリックして、あとは届くのを待って取り付けるだけだと思っていた。

　実際に注文した後で知らされたのは、出荷と配送の都合で届くまで一週間ほどかかるという事実。

　そこで小熊はお安く修理しようとした事を後悔した。幾らかの差額をケチらず、甲府にあるホンダの部販で新品を買っていれば、その日のうちに交換を完了させていただろう。

　小熊の身に降って湧いた、およそ一週間のカブ凍結。それでも小熊の時間は動き続けていて、明日も学校に通い、買い物などの所用に出かけなくてはいけない。

　小熊はしょうがなく自転車を出した。各部を点検したところ、しばらくの放置で空気圧の低くなっていたタイヤ以外は好調な様子。それでもカブの調子が良い時のようには嬉《うれ》しい気分になれない。

タイヤの空気を入れ直し、埃《ほこり》を拭《ぬぐ》った自転車で久しぶりに日野春七里岩《ひのはるしちりいわ》の坂を降りて学校へと向かった。いつもカブを駐めている場所に自転車を置いたところ、ちょうど同時に学校に来た礼子《れいこ》が、いつもと違う小熊を目ざとく見つける。

「カブ、どうしたの？」

小熊は、礼子が最近乗り換えた、すこぶる調子いい様子のハンターカブを憎々しげに見つめながら答えた。

「ライトが壊れた。部品が届くまでしばらくかかる」

礼子は小熊の言葉から大体の事情を理解したらしい。それから小熊の自転車をキャンバスシューズの爪先でつつく。

「だから足漕《あしこ》ぎ？」

小熊は肩をすくめながら答える。

「しょうがない。カブが壊れたらこれしか無い」

　小熊は自分の言葉を聞いた礼子の「大変ねー」という物言いがあまりにも軽すぎるのに少し苛《いら》立《だ》つ。カブに乗れない事で気が立っているのかもしれない。ここはひとつ腹いせの一つもしてやろうと思った。

「セカンドマシンは持ってる？　カブが壊れた時に乗るものは」

　礼子は言い終わる前に「無い！」と答えた。

「わたしのハンターカブが壊れたら、学校に行くとかご飯食べに行くとか、あちこち出かけるよりも先にカブを直す。だからセカンドマシンは必要ない」

　小熊は首を振って言った。

「学校をサボっちゃダメ」

　バイクで人生を棒に振る人間は多い。いずれそのうちの一人に喜々として加わるであろう礼子は、小熊の吐く常識的な小言を鼻で笑っている。

「それにカブを直すのに必要な部品や工具は、どうやって買いに行く？」

　礼子の表情が変わる。今までそれに気づいていなかったらしい。服を買いに行く服が無いという言葉があるが、カブを直すため必要なものを買いに行くカブが無いのは問題。

　やがて礼子はしゃがみこんで頭を抱え始めた。どうしようどうしようと繰り返している。

授業開始の時間も近く、とりあえず面倒くさくなったので、小熊は助け舟を出してやることにした。

「自転車でも買えばいい」

小熊の乗る自転車を見た礼子は、なぜか視線を泳がせて言う。

「自転車はダメ。わたしの信条に反する」

そこで小熊は気づいた。礼子の悩み、セカンドマシンを持っていない理由を。

「自転車に乗れないの？」

最初は見栄《みえ》や虚勢を張ろうとしたらしき礼子は、小熊に直視されて力なく頷《うなず》く。

「だって自転車っておかしいんだもん！　漕がなきゃ倒れるし、ハンドルの両方にブレーキがあるし」

小熊は礼子の肩を摑《つか》み、自分に引き寄せながら言う。

「乗り方、教えてあげる」

礼子が小熊を見上げた。救いを求めるような目。小熊にはわかっていた。

この人を頼りきった目はもうすぐ、鬼か何かを見るような目に変わる。

放課後。駐輪場に隣接した広い駐車場で小熊は礼子の自転車教習を始めた。

小熊は恐る恐る自転車に乗ろうとする礼子の後ろで、荷台を掴む。

小熊の仕事は礼子が倒れないように支えることだけではない。限られた練習時間の中で、倒れたらどうするか、転び方を教える事。

つまり、少々乗れるようになって調子付いた頃合いで横から蹴り倒すのが、小熊の本当の役目。

カブがそうであるように、小熊のセカンドマシンも、たぶん礼子も、おそらく二人の関係も、それくらいでは壊れないんじゃないかと思う。

もし壊れても、それが人の作ったものである限り人の手で直せるという事は、カブに乗っていればわかる。

礼子は小熊にとってこの高校で唯一ともいえる友達で、それは友情や人間関係への関心が極めて薄い小熊からすれば、居ても居なくてもいい奴《やつ》が一人居るという程度の認識だが、それだけにたとえ人間関係が壊れても、彼女の生命と身体は壊れないほうがいいと思っていた。

もしもこれから礼子があのハンターカブをブっ飛ばすように自転車を乗り回すようにな

ったなら、こんな狭い駐車場じゃなく、誰の助けも得られない場で転んでも、自分の身を守れなくてはいけない。

　カブを壊して直しても買い換えても、乗っている小熊はこの世で一人。目の前に居る、小熊にとって大事かどうかはわからない人間も、どうやら一人しか居ないらしい。

小熊がスーパーカブから教えてもらった事がもう一つあるとすれば、人には機械のようなセカンドマシンは無いということだろうか。

（2）子供の玩具　高校二年　九月

記憶にある限り、静岡に来たのは初めてだった。

御殿場《ごてんば》で電車を降りた小熊は、手元のメモを一瞥《いちべつ》して駅舎の真向かいにある大きなビルに入る。

夏休みを終え、二学期が始まって間もない頃、小熊が山梨の隣県にある静岡県御殿場市まで中央本線、身延線、東海道本線、御殿場線を乗り継いできたのは、あまり気の進まぬ用事が出来たから。

十六歳で親を失った小熊が高校に通い続けるために給付を受けることとなった奨学金。

それを運営する育英会による面接。

奨学生として望ましい生活を送っているかどうかを確認するためのもので、それらの諸手続きは今まで東京にある育英会本部で行っていたが、本部の入居しているビルが改装工事を行っているため、一部の業務を静岡の支部で行うことになったという。

　自宅近くの駅から中央本線一本で行ける東京より体感ではずいぶん遠い御殿場までやってきた小熊は、病院の問診のように簡略化した面接を受ける。担当している職員も義務的なものと割り切っているらしく、小熊の顔を見もせず、回答をタブレットに書き写す作業に集中している。

　同じ借金ならクレジットカード会社のほうがよっぽど仕事熱心だと思いながら質問に答えていた小熊に、職員は言った。

「何か大きな買い物や、無計画な散財はしていませんか？」

　小熊は今日ここに来るために払った電車賃が、ここ最近で最も大きい散財だと思いながら首を振る。バイクを買ったことを言うべきかと思ったが、客観的に見れば一万円の出費。日々生活していればそれくらいの金は飛ぶし、高校生がバイクを買って乗るという行為に対し偏見や反感を抱く人間も多い。バイクは無駄遣いじゃありません！　と子供マンガの主人公じみた演説を行うほど、小熊は暇では無かった。

　面接はあっさり終わり、御殿場駅前の育英会支部を後にする。ビルから外に出た小熊は周囲を見回した。

地元の甲府と同じくらいの規模に見える街。このまま電車に乗って帰るのも味気ないと思った小熊は、大通り沿いを歩いて散策し始めた。

先ほど散財に釘《くぎ》を刺されたこともあって、買い物や美食を楽しむ気にもなれなかった小熊は、通り沿いを走る電車を見る。

帰路も相応の運賃を払わされる公共交通機関。もしかしたら電車に乗らず、カブでここまで来たほうが良かったのかもしれないと思ったが、往路で電車の中から見た幹線道路を思い出した。たぶん原付であの車の流れの中を走るのは無理だろう。

夏のバイトで山梨県内を多少走り回った小熊も、まだカブで他県まで行ったことは無い。道路の大きさや流れの速さより、それが静岡という未知の場所であるという事実が、小熊に自らの可能な範囲の外にある行為だと認識させた。

思ったほど大きな街ではなかったらしく、線路沿いに歩いているうちに駅前の中心部からだいぶ離れてしまった。道路沿いの建物が駅から徒歩で行くような商店から、住宅や工場、そして車で行くことが前提のロードサイド店舗になっている。

特に得るものは無かったが、そろそろ引き返そうと思い、通り沿いの自販機でジャスミン茶を買った小熊の目に、見慣れた物が映った。

ホンダ・スーパーカブ

青い車体に大型で堅牢な前カゴとリアキャリア。スーパーカブの新聞配達用車両プレスカブが、道路際にある大手チェーン系中古バイク店の敷地に駐《と》められていた。

小熊はガードレールに腰かけ、それほど広くない道路の向かい側からプレスカブを眺めた。他にも売り物のバイクは並んでいるが、磨き上げられたプレスカブは店の一番目立つ位置に駐められている。

一休みしてお茶など飲みながら花や風景を愛《め》でるような情緒は持ち合わせていないが、バイクを目で見て楽しむのは悪くない。自分も同級生の礼子みたいな感性になってきたと思い、心の中で苦笑していると、中古バイクショップに一台の車が入っていった。

店の駐車スペースに駐めた白いライトバンから出てきたのは親子だった。小柄で線の細い少年が、四十になっているかなっていないかといった感じの父親の手を引いている。

バイク屋の店員っぽい作業着じゃなく紺のスーツを着たショップ店員が恭《うやうや》しく親子に近づき、深々と頭を下げる挨拶をした後、このために洗車したと思《おぼ》しきプレスカブを手で示す。

「ご覧ください！　どうですかこのプレスカブは？　当社サイトのネット画像よりずっと

綺麗《きれい》でしょう」

　少年はオモチャ屋で超合金か何かを見るかのように、カブのあちこちを眺めたり触ったりしている。一緒に来た父親は少年よりいくらかバイクに詳しいらしく、タイヤの状態やエンジン下部のオイル漏れを慎重にチェックしている。

　こらえ性の無さそうな少年は、カブの前にしゃがみこみ、車体の状態を厳しい目で見ている父親の腕を引きながら言った。

「ねぇお父さんこれにしようよ！　これが欲しい！　通販より安いし、カブは壊れないから中古車でも大丈夫だよ」

　店員が横から「新古車です」と口を挟んだ。父親は店員に幾つか質問をしている。電卓を出して見せた店員に父親は少し渋い顔をしたが、少年に催促するように腕を引かれ、根負けしたかのように頷いた。客に購入のハンコを押させる交渉に勝利した余裕を感じさせる店員は、父子《おやこ》を恭しく店内へと招き入れる。

　小熊はお茶を飲みながら、目の前で一台のバイクが売られていく様を見物した。

　世の中には恵まれた人間も居るらしい。小熊が稀《まれ》な幸運と身を切るような出費の結果、やっと手に入れたカブを、父親にオモチャをねだるように買ってもらっている。

しかしあの少年は本当にカブに乗って大丈夫かと小熊は少しお節介な気持ちを抱いた。

バイクに乗るからには、少なくとも十六歳にはなっているんだろうが、あの少年は見るからに足りていない体格や経済力、交渉能力だけでなく、顔つきからして何から何まで親に頼っている人間特有の依存心を感じさせる。

あんな人格未成熟な人間が、子供がオモチャで遊ぶような気持ちでカブに乗って、原付だけでなくあらゆる種類の移動機械が走る公道で自分自身に対して責任を持てるんだろうか。

小熊はジャスミン茶の最後の一口を飲み干し、座っていたガードレールから立ち上がった。

どちらにせよ自分とは関係無い。これから会うことも無いだろう。同じくカブに乗っていても、住む場所が違い、カブに乗る姿勢や覚悟が違う。

腕時計を見ると、帰りの電車に乗るちょうどいい時間なので、小熊は駅へと歩き出した。

背後でエンジンをキック始動する音が聞こえる。

振り返ると先ほどの少年がヘルメットを被《かぶ》りグローブを着け、自分のものになったばかりのカブに跨《またが》っていた。父親が少年を、店員がバイクを心配する目で見つめる中、緊張で全身が固くなった少年は、バイク屋の敷地から公道へとゆっくり走り出した。

　バイク屋の整備に問題があったのか、少年の運が悪かったのか、アスファルトの道路に出た途端プレスカブがパンクし、少年は泣きそうな顔でショップに逆戻りした。

　それはバイクがお部屋で遊ぶオモチャでなく、道を走る物である限り起きうること、きっとこれから、あの頼りない少年は何度も試される。

　前方に視線を戻した小熊は、次の休みにはカブで県外まで行ってみようと思いながら、駅までの道を踏みしめた。

(3) 助けておやっさん　高校二年　十月

小熊と礼子は危機に陥っていた。

つい先日、季節が初秋から中秋にさしかかる頃、礼子はCT一一〇ハンターカブを買った。

山梨の寒い冬は積雪と道路の凍結で、バイクの行動が制限される。そんな中で焦るようにハンターカブに乗りまくっていた礼子に誘われ、小熊と礼子はハンターカブに二人乗りして南アルプスの林道へ走りに行った。

軽トラや四輪駆動車はもちろん、徒歩のハイカーさえも踏破困難な獣道のような林道は落葉で滑りやすくなっていたらしく、ご機嫌な様子で走っていたハンターカブは、後輪のちょっとしたスリップがきっかけで、小熊と礼子の二人を乗せたまま道の下へと滑落した。奈落の底へと真っ逆さまといった感じではなく、エンジンパワーでなんとか登れるんじゃないかというくらいの斜面。それでもスロットルを回すたび、タイヤは空回りして斜面の下へと引きずり込まれる。

　まず小熊がハンターカブから飛び降り、オフロードライディングのテクニックで何とかしようとしていた礼子も諦めて降りる。二人でハンターカブを押しながらどうにかして登ろうとするが、泥と落葉で地盤の緩い斜面をどうやっても登れない。

　それは二輪ラリーにおける、リタイアと呼ばれる中途脱落で最も多い例の一つだという。明らかに危険で踏破不可能な場所ではなく、何とか突破できそうな場所であっさりと足を掬《すく》われ、自然の造形に数多く存在するアリ地獄のような地形に呑《の》まれていく。

　とりあえずハンターカブを斜面の下に置いて、小熊と礼子の二人で何とか林道に戻り、斜面の登り降りを何度か繰り返したが、どうやってもハンターカブを道まで引き上げることが出来ない。

　上げるのが無理なら別の道がある場所まで下ろそうにも、斜面の先はどこにも出られない渓谷になっている。

　山登りや激しい運動に縁の無い小熊は疲労困憊《ひろうこんぱい》の気分だったが、体育優等生のはずの礼子はもっと憔悴《しょうすい》している。無理もない。憧れて手に入れたハンターカブが買って数日で失われる。しかもバイクそのものには何の損傷も無い。

携帯で誰か助けを呼んでカブを引き上げて貰《もら》おうにも、場所はオフロードバイクしか通れない林道の奥。動力でカブを吊《つ》り上げるユニッククレーンのついたトラックなんて入れるわけがない。

礼子は林道ツーリングの経験が豊富なだけに、同じような状況でバイクの回収を諦め、廃車手続きに必要なナンバーだけ外して持って帰ったという話を、先輩ライダーから多く聞かされていた。

しゃがみこんでいた礼子の口から、ぽつりと言葉が漏れた。

「助けて」

小熊の知る礼子に似合わぬ言葉。バイクは一人で乗る物。危険や孤独から自分の身を自力で守れる奴じゃないと乗る資格は無いというカッコ付けた台詞《せりふ》を普段から聞かされていた。

礼子は空を見上げて助けを求めた。

「助けて！　おやっさん！」

礼子が呼んだのは、カブに乗ってから日の浅い小熊でも知っている、ホンダの創業者にして初代社長。本田宗一郎氏の愛称。

おやっさんこと本田社長は、ホンダ社の名番頭として有名な藤沢武夫氏の発起した画期的な小型オートバイの開発計画を承認し、以後も開発や発売後の改良に深く係《かか》わった。現場では怒るとすぐスパナを投げる怖い人だったらしい。

スーパーカブだけでなく、他のホンダ製バイクや自動車、あるいはフォーミュラマシンやビジネスジェットに乗る人間も、ホンダの機械を深く愛する人たちはしばしばおやっさんに感謝と、それよりちょっとだけ多いかもしれない恨み言を述べ、そして困った時には都合よく救いを求めるという。

小熊は立ち上がった。それから礼子に言う。

「もう死んだ人に祈る暇があったら、頭を使って考える」

半ベソをかいてた礼子が顔を上げた。そこへ林道脇の太い木が目に入る。

「この木を使って吊《つ》れないかな」

小熊は礼子の後ろから林道の風景を見ていた時の記憶を総動員する。たしか一ｋｍほど手前で建材が不法投棄されていた。そこで何か使える物が見つかるかもしれない。

結局、捨てられた荒縄を見つけ出した礼子と小熊は、カブに結びつけた荒縄を間伐で切り倒された針葉樹の切り株に回して縄を引き、ハンターカブをあっさり引き上げた。

大型のオフロードバイクなら滑車かハンドウインチでも必要になるところだったが、カブの重さなら、バイクを手で持って押すという非効率的な力の入れ方を、二人分の腕力と体重が使えるように引く方向に変えてやるだけで充分だった。

ハンターカブは泥と落ち葉に汚れながらも特に損傷は無さそう。さっきまで落胆していた礼子は飛び上がって大喜びしていたが、泥の地面で足を滑らせて転び、横に駐《と》めてあったハンターカブに頭をぶつける。

礼子は痛がりながらもまだ笑っている。小熊にはなぜか、どこかからスパナでも飛んできて礼子の頭にぶつかったように思えた。

さっそくハンターカブのエンジンをかける礼子は、懲りて帰ろうとするかと思いきや、これくらい痛い目のうちに入らないと言わんばかりの勢いで、ハンターカブを林道のさらに奥へと向ける。小熊も肩を竦《すく》めて後ろに乗った。たぶん馬鹿が伝染《うつ》ったんだろう。

礼子がしばらく横倒しになっていたハンターカブのスロットルを回すと、燃焼室に入り込んだエンジンオイルが燃え、マフラーから白い煙を吐き出す。

走り出したハンターカブの後ろで、小熊はまだ少し痛そうな様子でヘルメットの上から後頭部をさする礼子を見て、それから空を見上げた。

誰だか知らないが、調子に乗った礼子の頭を小熊の替わりにスパナで一撃してくれたらしい。もっとも、世の中には死ななきゃ直らない奴ってのが居て、全然堪《こた》えていない様子でハンターカブをブっ飛ばしているが。

「ありがと、おやっさん」

流れる白い煙が一瞬何かの形になって、秋の空に消えた。

（4）デニム　高校二年　十二月

日曜の朝。

小熊は下着だけを身に着けた素肌の上に、昨日洗濯して日向《ひなた》で干したリー・ライダース１０１のデニム上下を纏《まと》った。

洗《あら》い晒《ざら》しの固い生地は布目が詰まっていて、最初は少しきつかったが、きっと体を動かしているうちに馴染《なじ》んでいくだろう。

パンツに五つ、ジャケットに二つある機能的なポケットに、財布や携帯、鍵などを入れた小熊は、窓から空の色を見た後、デニムの上に何も着ることなくドアを開けて外に出た。

制服を着て玄関を開ける時とは気持ちから違う。ブレザーとスカートの時より自由に動ける。デニムは休日の外出に最も適した服だと思った。

一時間ほど後。

買い物袋を持った小熊は、右肘を気にしながら帰ってきた。

デニムジャケットの肘には穴が開き、擦りむけた傷からは血が滲《にじ》んでいる。

軽い打撲と擦過傷の治療を水洗いで済ませた小熊は、脱いだデニムジャケットの穴を指でいじくった。

強靱《きょうじん》で体の動きを阻害せず、スーパーカブに乗っている時の事故から確実に体を守ってくれるであろうデニムは、自転車で近場に買い物に行った時の、つまらない転倒で傷物になった。

とりあえず買い物袋の中身を冷蔵庫や戸棚にしまった後、小熊は改めてデニムジャケットの傷を観察した。

分厚い木綿のジャケットがアスファルトに破られることで、体の傷を最小にしてくれたらしい。値段にふさわしい仕事を果たしたとはいえ、一張羅のジャケットには傷がついてしまった。穴の開いた服なんてもう着られない。

小熊がテレビで見た昭和時代の映像には、デニムパンツにわざと穴を開け切り傷をつけて着ている人たちや、デニムジャケットの袖をむしり取って革ジャンの上に着ているバイカーが映っていたが、小熊は二十一世紀の女子高生。侍のように髷《まげ》を結い大小の刀を差して城に行くことなど無いし、昭和時代の人みたいに傷ついたデニムで外を出歩けるわけが無い。

小熊は窓の外を見た。駐輪場に駐めた自分のスーパーカブが目に入る。昭和中期に最初の一台が作られた時とほぼ変わらぬ姿のまま現代も売られているカブは、後部キャリアの端に前オーナーがつけたらしき傷が残っているが、走行や使用には何ら支障が無く、むしろアニメやドラマに出てくるピカピカで傷一つ無いバイクではなく、実際に日々走っている、生きているバイクの証明にすら思えるので、そのままにしている。当然新品に替える金など無いというのが最大の理由。

このデニムジャケットも、失踪した母が気まぐれに買い与えたものだが、買い直すと結構高価《たか》い。だからといってジャケットだけ国内の大手安売り服チェーンで売られている廉価なデニムに買い換えるのも、何か下着の上下を色も素材も揃《そろ》えていないようで落ち着かない。

せっかくの休日に、大事な自分の私財を損壊してしまい、その後始末に追われるのは気分が良くない。そう思いながら前日の余りご飯で焼き飯を作った小熊は、出来上がった卵とネギ、醤油《しょうゆ》だけの焼き飯の皿を置く前に食卓を片付ける。テーブルの上には先日カブをパンクさせた時に買ったチューブの納品伝票が広げられていた。何度目かのパンクだったが、自分で直したおかげでチューブ代の八百円のみで修理できた。

伝票と窓の外のカブを交互に見た小熊は、焼き飯をテーブルの上に放置したままデニムジャケットを着こんだ。肘のあたりがやや寒い。革ショートブーツを履いた小熊はヘルメットとグローブを手に取り、玄関を開けて自分のカブへと駆け出した。

小熊がカブで向かった高校の家庭科実習室には、幸いなことに手芸部顧問の教師が居た。デニムの肘を見せられた教師は、日曜とはいえ私服で高校に来た小熊に形だけのお小言を述べながら、デニムジャケットを手に取る。

最初は「この傷なら継ぎを当てるより繕ったほうがいいかしらね」と言っていた手芸部顧問は、何かを思いついたらしく端切れ布の詰まった箱を持って来た。

ダークベージュ色の薄い牛革を手に取った教師は、材料とミシンさえ使わせて貰えれば、と言う小熊そっちのけで作業を始める。

数分後、小熊のデニムジャケットの両肘にはダークベージュのスウェード革が縫い付けられていた。

手芸部顧問が言うには、当て布は同じデニム素材とか、あえて目立つように白いフリルとか考えていたけど、小熊がオートバイに乗ることを思い出して革にしたらしい。柔らかくしっとりとした牛革はセミアニリンといって、トヨタ高級車に使われていることで有名な、合成タンパク質で処理したレザーで、摩擦や経年劣化に強く手入れも不要、触り心地も上々だという。

手芸部顧問の言葉を受け売るなら、カントリーイメージのツイードジャケットを思わせるエルボーパッチに指で触れた小熊は、礼を言って家庭科実習室を後にした。

帰路で礼子と出くわした。礼子は小熊のデニムジャケットを無遠慮に眺め回した後、感嘆したように言った。

「ジーンズにファッションじゃなく実用で継ぎを当ててる人間を久しぶりに見たわ」

小熊は革のパッチワークが施されたデニムの肘を礼子に突き出しながら言う。

「カッコいい？」

（5）difference　高校三年　四月

今まで変化の無い暮らしをしてきた。

小熊は今まで自分の生活が特異で波乱に満ちたものだと思ったことは無かった。

幼い頃に父を亡くし、高校に入った途端に母が失踪して奨学金暮らしをするようになったのは、傍目《はため》からは人生の荒波が絶えず押し寄せているように見えるんだろうが、自分の内面が変わったとは思えない。

元より記憶に無い父や、居ても居なくても変わりなかった母のような、小熊にとって自らを構成するものの枝葉に過ぎない物が増減したところで、人はそうそう変わることなど出来ない。

自分は変わったのか？　そう思うようになったのは、スーパーカブに乗るようになってからだった。

今までの生活に何がしかの変化をもたらすべく、日々の暮らしで精一杯の金を工面して買ったスーパーカブは、目に見えるわかりやすい変化を幾つかもたらしてくれた。

まず着る物が変わった。高校に通う時は制服に極めて没個性的なローファーと無難なダッフルコート姿だったが、今はカブに乗る時にシフトチェンジしやすく、踝《くるぶし》を守ってくれるハイカットのスニーカーに、風に強いスイングトップタイプのライディングジャケットを着ている。

休日の服も、カブに乗る前はどんな服を着ていたかさえ覚えていないが、今はリー・ライダースのデニム上下を好んで着ている。それに加え高校のジャージ上下で出かける事も多くなった。以前は人前に出るのが気恥ずかしかったジャージも、カブで近場を走る時には最善のウェアだということを知ってから、むしろ電車やバスで出かけている人たちより活動的な手段で移動していることを表わす物として、誇らしい気分で着るようになった。

食べる物も少々ながら変わった。カブに乗るようになる以前は、徒歩と自転車で行ける距離のスーパーで買った食材の範囲で、レパートリーに乏しい自炊やレトルトフードで済ませたりしていたが、今は自分で作れる物の幅も広がり、レトルトの種類も増えた。何より米がスーパーで売られている物の中で一番安い銘柄から、世間ではブランド米と言われている武川《むかわ》米を地元の米問屋で買うようになった。

着る物と食べる物、スーパーカブは人間を構成する物質のほとんどを変えてくれたが、小熊は変化とはそういうことじゃないと思っていた。

カブに乗るようになってから、自分の行動に意志を持ち、一つ一つの動きを確認するようになった。バイクに乗っている時に漫然としていると事故を起こしてしまう。

欲しい物や見たい物がある時は、それがある場所まで行くようになった。手に入るわけではないが、自分の目で見るだけで得られるものもある。

先を見据えた生活が出来るようになった。思いがけず安価で買ったカブも、これからどんどん金がかかる。そのために先立つ物を積み立てなくてはいけない。奨学金の余剰も、それは自らの命を守る金であって、もう好きに使える小遣いじゃない。

小熊はカブに乗ることで変わった。

これからも、変わり続ける。

（6）クレープパーティー　高校三年　四月

新入生を迎え、在校生に一つ学年が上がった事実を突きつける桜の花が散り、新緑の芽吹く葉桜となる頃。

三年生に進学して間もなくリトルカブを納車した椎《しい》のために、礼子の家で納車祝いのクレープパーティーが催された。

言い出したのは礼子だった。小熊も特に異存は無かった。発起は礼子でも実際に準備を行うのが自分だということを除けばの話。

昨日の放課後に礼子の家まで行った小熊は、小麦粉と卵と牛乳、溶かしバターで作った種を、クレープを焼く時はフライパンより優れているアルミ無水鍋の蓋で焼いては重ねる作業を延々やらされた。料理万能というわけではないが、貧乏暮らしが長いと必然的に小麦粉の扱いは上手《うま》くなる。

家で食べるクレープは焼きたてより一晩冷蔵庫で冷やしたほうが美味《うま》い。クレープさえ焼ければ、中に入れるフルーツやクリーム、肉や野菜は缶詰や既製品をボウルに開けるだけ。それは礼子にやらせた。

小熊のスーパーカブで、まだ納車間もなく慣れない様子の椎が乗るリトルカブを先導しながら、礼子の住むログハウスへと向かう。礼子は自分がハンターカブを納車した時にも買ったル・ポルミエのスパークリング・シードルを手にしながら待っていた。

ポーチと呼ばれるログハウス特有の一階ベランダへと上がる階段の横には、礼子の日曜大工で斜面が付け加えられている。小熊は慣れた様子で斜面を使い、自分のカブを引っ張り上げた。椎もそれを真似《まね》ようとしたが、身長一四〇ｃｍに満たぬ椎が、自分の体重の二倍以上のリトルカブを押し上げようとして、どうやっても上がらないのを見て「今日だけ」と言いつつ手を貸す。

バイクの取り回しには力だけでなくコツや要領も必要となる。力の使い方を覚えればさほど筋力を要することなく動かせることを小熊はカブに教えられた。きっと椎もそのうち、言葉や理論では説明できないバイクの扱い方を覚えるだろう。

それにリトルカブを持ち上げられない椎が小熊に見せた「おねがい助けて」という目は、腕力の類より役に立つことは充分わかった。椎はそっちを磨いたほうがいいのかもしれない。

小熊と椎でログハウスの中までカブを転がして行った。室内には整備作業のためレンガが敷かれた一角があって、礼子のハンターカブが置かれている。

三台のカブを並べるように駐《と》めた椎に、礼子は薪《まき》ストーブ前の上席を薦め、自分も席につく。週末ごとに来ている山小屋でほぼ指定席になっている作業デスク近くの席に座った小熊はラジオのスイッチを入れ、先日のアンテナ修理でＪ－ＷＡＶＥが入るようになったＦＭでボサノヴァを流す。

礼子はノンアルコールのシードルを音たてて抜こうとして上手くいかない様子。椎が手を伸ばして礼子からボトルを受け取り、コルク栓に布巾を載せてスムーズに栓を抜く。

小熊はシャンパングラスなど無い食器棚になぜか人数分あったブランデー用のチューリップグラスをテーブルに並べた。椎が慣れた手つきでシードルをグラスに注《つ》いで着席した。

せっかちな礼子は、ワインを選んだ人間が一口飲んでテストする、形通りのホストテイスティングを省略し、早速グラスを手に取って口上を述べ始めた。

「それでは、恵庭《えにわ》椎ちゃんのリトルカブ納車を祝して、乾杯！」

グラスを軽く打ち鳴らし、三人でシードルを飲み干した。

礼子の話ではノンアルコールながら何にでも格付けをしたがるフランス野郎が高い評価をしているというル・ポルミエのシードルは悪くない味だったが、小熊は二杯目から飲み慣れた富士ミネラルの無糖炭酸水に切り替える。

椎がアルコールの入っていないシードルで暗示的に酔ったような顔をしているので、まだ頭がはっきりしているうちに言っておいた。

「家でカブのキーをつけっぱなしにしていた、あのままだと一《ひ》と月もしないうちに盗まれる」

礼子がさっそく二杯目のシードルを注いでいる横で、椎は首を傾《かし》げながら聞き返した。

「家のガレージの中でもですか？」

小熊は頷《うなず》く。それから言い足した。

「カブは盗まれやすい。駐める時は自分がバイク泥棒になった時のことを考えながら駐めて。自分にも盗めるものはいずれ誰かに盗まれる」

喉を鳴らしてシードルを飲んでいた礼子が、けぷっと炭酸ガスを吐いてから言う。

「わたしならキーが無くても六十秒あれば充分ね」

小熊が普段ポーチ前の屋外に駐めていることの多い自分のカブを、今日は室内まで運び入れ、椎にもそうさせたのは、今の発言を言行不一致の薄っぺらい言葉にしないためだった。礼子からの注意喚起には、初めから期待していない。

言いたいことを言った小熊は意識をクレープに切り替えた。クリーム色の円柱から一枚剝《は》がして自分の皿に取り、レタスと真空パックを開けただけのローストチキンと缶詰物のシャンピニオンを載せる。

いきなりお説教まがいのことを言われてシードルの酔いが醒《さ》めたような顔をしている椎に、小熊は包んだクレープを差し出しながら言った。

「あなたはひとつ覚えた」

椎は心安らいだような笑顔を浮かべ、クレープを頰張《ほおば》った。それから自分のリトルカブをチラっと見て小さく一言。

「ごめんね」

(7)頂の景色　高校三年　八月

九合の鳥居を過ぎてからは、礼子が先行していた。

小熊と礼子は、富士山ブルドーザ登山道をカブで走っていた。つい先日、雑誌社の企画で新車のクロスカブに乗って挑んだ富士登山が、スタッフの体調不良や小熊たちの準備不足によって途中下山という結果に終わった後、小熊と礼子は自分のカブで再び富士山に挑んだ。

エンジン補機や車体等に変化はあれど、基本的な構成の変わらないクロスカブで登山した時の感触をまだ体が覚えていたのか、八合目までの登山は順調だった。そこで一度キャブとエアクリーナーを分解し、燃料濃度を低酸素な高山向けに調整し直した。平地より濃いガソリンを供給されたカブは前回登頂を断念した八合五勺《しゃく》も何とか通過する。そこから先で、小熊と礼子、そしてカブに疲労の徴候が顕《あらわ》れ始める。

タイヤをオフロード用に替え、スプロケットと呼ばれるチェーン歯車を低いギア比に交換したとはいえ、五二ccエンジンの小熊のカブは斜度を増していく勾配に悲鳴を上げるようになり、下山して数日で再び登ったからか、今までの登山ほどひどい高山病に苦しめられていない様子だった礼子は、急激に増していく高度に息を切らせ始める。

夕べ富士山五合目の山小屋に一泊した時に、興奮して眠れない様子の礼子を強引に寝かせた小熊の努力は無駄に終わるかもしれない。

小熊は前を走る礼子のハンターカブを見た。礼子は今までの走りで得たオフロードドライディングのテクニックを駆使して、シートから腰を浮かし、踝《くるぶし》で車体を挟んでバランスを取りながら、傾斜した石礫《せきれき》の道に挑んでいた。

小熊には礼子ほど不整地やカブの性能限界域での走行経験は無かったが、一つだけわかるのは、今転んだら死ぬということ。

ブルドーザ登山道の谷側は、麓まで続く山肌。滑り落ちれば助からないという意味では断崖と変わらない。山側は富士山の持つ膨大なエネルギーによって産出され、まだ風雨の浸食を受けていない鋭い岩の壁。体をぶつければ脆弱《ぜいじやく》な水袋に過ぎない人の体など容易に切り裂かれる。既に何度か壁を掠《かす》った時に、防寒用に着込んだスキーウェアが破れ、その下の皮膚には幾つかの切り傷を負っていた。

　小熊はカブのヘッドライトを上向きにした。何度か繰り返す。礼子と二人で国道を走っている時にもよくやる、前後位置入れ替えのサイン。ハンターカブをトライアルバイクのように操ることに夢中になっている礼子は気づく様子が無い。周りが見えていない、集中力が落ちている、危険な状態。小熊は強制的に礼子を追い抜くことにした。ほぼ全開にしていたスロットルを緩める。そのまま小熊はカブを降り、乗り手の負荷が無くなったカブに引っ張られるようにしながら、カブを押し歩いた。前方の礼子が小熊に並び、後方へと置いてかれる。さっきからフォームだけは立派な礼子のハンターカブは、前進速度に関しては歩くより遅かった。

　徒歩の小熊に追い抜かれた礼子は、諦め悪くハンターカブに乗ったまま「待って〜」と言っていたが、ハンターカブに乗って難所を突破するという面子《メンツ》より命を惜しんだらしく、小熊に倣うようにカブを降りて押し歩いた。

　後方でキャタピラ車に乗って小熊たちを撮影していた山小屋主人が、礼子の転倒とその救助に備えて走路を道端に寄せていたキャタピラ車を道の中央に戻すのが、バックミラー越しに見えた。

難所を通過し走行を再開させた小熊は、悪路で今にも外れそうなくらい揺れるミラーに、山小屋主人の忍び笑いまで映っているような気がした。これが慧海《えみ》の言っていた、人間が危機に瀕《ひん》した時に経験するという、全ての感覚が拡大される瞬間だろうか。

慧海はこうも言っていた、その状況で人はよく死ぬと。小熊には自分の身を案じていた慧海が言おうとして言わなかったことまでわかった気がする、人はそう簡単に死なない。

走って、押して、時に二人でカブを持ち上げて運ぶ。それを繰り返しているうちに、ブルドーザ道の終わりはあっさり近づいてきた。ここが地球であることが信じられないような荒涼とした大地から、道標を通り抜けた途端、周囲の風景は商店街のように何軒も並ぶ土産物屋に変わる。そのうちの一軒の裏手に二台のカブで滑りこむ。

突然富士山の頂上に現れた二台の原付バイク。徒歩登山者に何事かと指差されながら、小熊と礼子はカブを降りた。高山の低酸素で膝をつきそうになった礼子は、小熊の肩を借りながら頂上の火口を見た途端、興奮した様子で言う。

「走ろう！　カブでお鉢を回ろう」

もしかしてこのまま礼子をハンターカブごと火口に蹴り落とせば、善良なオートバイ愛好家にとって害悪となる存在が一つ消えるんじゃないかと思ったが、近年の富士山が廃棄物の不法投棄に厳しいと聞いて諦めた。きっと世間への迷惑という意味では自分も大差無いんだろう。

　頂上に勤務する富士山関係者に多大なコネを持っているという山小屋主人があっさり許可を取り、小熊と礼子による、富士山の火口周囲を一周するお鉢回りが始まった。登山者たちは、自分の目と正気を疑うような表情で富士山の頂上までやってきた二台のカブと、それに乗る女子高生二人を見ている。

　馬の背と呼ばれるデコボコの地面を遊ぶように走る小熊と礼子を見た親子連れの幼い子供が指差しながら「ママあれ何？」と言っている。母親は「見ちゃいけません」と言いながら子供の目を隠していた。父親はかつての記憶を思い返すようにしながら言う。「あれは、スーパーカブだ」

　カブを知っているのは好きで買って乗っていた人間だけでない。仕事やバイトでしょうがなしに乗らされていた人間が少なからず居る。それらの人々はどうやっても壊れない不思議なバイクという認識を共有していた。

母の腕をかいくぐりながら小熊と礼子を見ていた幼児は言った。

「ママ！　わたしスーパーカブに乗る！　いつか絶対に乗る！」

動画より画質のいいスチールカメラで記念撮影をしたいという山小屋主人の求めに応じ、小熊と礼子は二台のカブと共に山頂測候所前に並んだ。

小熊はあちこち服が裂け、生傷から血を垂れ流している。同じくらいボロボロの礼子は自力で立てず小熊にもたれかかっている。カブも汚れ傷つき、いくつかの部品が折れ飛んでいて様にならない姿だが、山小屋主人は感嘆した様子で何枚もの写真を撮っている。ファインダーから目を離した山小屋主人は遠くを見た。凍傷で足指を全て失う前、撮られる側だった時の自分自身を見ていた。

眼前に広がる雲海を見ながら、礼子は小熊に言う。

「世界の全てを手に入れた気分でしょ？」

また馬鹿なことを言っていると思った小熊は答える。

「とりあえず、カブで行けない場所は無いってことだけはわかった」

カブが小熊をここまで連れて行ってくれた。頂上付近では重荷となったカブをここまで引っ張り上げることを諦めなかったから、目の前に広がる景色を見ることが出来た。

カブがあれば、カブに乗るように生きていけば、きっとどこまでも望んだ場所まで行ける。

この世界を手に入れることさえ出来るのかもしれない。

（8）備えあれば　高校三年　九月

部屋のラジオがまた災害の発生を伝えていた。

今度は西日本で大規模な水害らしい。スマホで見たネットニュースには、家が浸水し避難所に集まる人たちの映像が流れていた。

平穏な日常があっさり奪い去られる様を見た小熊は、今の自分の暮らしについて考えさせられた。

カブに乗っていて起きる事故や災難については、それなりに備えているが、防災に気を回したことは無かった気がする。

元々山梨の中でも甲府盆地は災害もそれほど多くない。小熊の暮らしている日《ひ》野《の》春《はる》駅周辺も、浸水など起きようも無いほど標高が高く、おかげで通学や外出のたびに坂の上り下りをさせられる。

小熊の暮らす八《やつ》ヶ《が》岳《たけ》山系の端にある七《しち》里《り》岩《いわ》一帯は地盤も強く、地震による山崩れが起きる可能性も少ない。この鉄筋のアパートに居る限り、災害が起きても大丈夫だと思っていた。

部屋に居る時にはかけっぱなしにしているラジオから声が聞こえる。ここ数年、今まで災害に縁の無かった地域が被害に見舞われているという。

来たるべき災害で今の暮らしが崩壊する可能性は充分ある。天災が無くとも人災は起きる。強固な七里岩も、それを形成する大規模な火山活動で生み出された。

カブに保険を掛け、非常用の工具を積むように、災害対策というものを考えたほうがいいのかもしれない。そう思った小熊は部屋の中を見回した。

もしも被災し今の住処《すみか》から逃げなくてはいけなくなった時は、まず丈夫な衣服が必要だと思った小熊は、リーのデニム上下を身に着けた。耐久性と着心地については、カブに乗る時に我が身で確かめている。

大地震に遭った人の多くが、ベッドサイドに靴を置くようになったという話を思い出した小熊は、玄関前の靴箱を見た。長く履いてない通学用のローファーや布製のバッシュではなく、黒革のショートブーツを手に取る。これもカブに乗るために買い、カブで色々な場所に行った時に性能を実感している。

衣服が揃《そろ》ったら次は非常用の持ち出し袋。通学用に使っている一澤《いちざわ》帆布《はんぷ》のディパックが最善の選択だと思った。元々ボーイスカウトのために作られた頑丈な帆布と革のバッグには、数日生き延びるために必要な物を入れるに足る容量がある。

続いて食糧。普段から炊飯器兼弁当箱として使っているメスティンと米。普段十ｋｇ袋で買っている米とは別に、先日地元の武川《むかわ》米の普及イベントで配られていた二ｋｇの袋があったので、それをメスティンと一緒にディパックに詰めた。一緒にアルミの外箱がコンロを兼ねているエスビットの固形燃料とライター、ペットボトルの水、レトルトの牛丼やカレーを幾つか入れる。これで食べる物には困らない。米とレトルトがあれば生きていける。

他にもスマホと充電器、工具箱に入っていた整備道具として必須のＬＥＤフラッシュライト、引き出しに入れっぱなしにしていたカミラスのツールナイフをディパックに詰めた小熊は背負ってみる。通学の時より重いが、背負ってすぐに疲れるほどは重くない。むしろまだ余裕がありそう。

防災頭巾の類は無いので、カブに乗る時に使っているヘルメットを被《かぶ》り、グリップスワニーの革製ワークグローブを手に嵌《は》める。

これでいつでも災害から避難し、数日を生き延びることが出来ると思った小熊は、風呂場の鏡を見た。

「あ」

防災の備えを整えた小熊の格好は、普段カブに乗っている時と同じ姿だった。

確かに台風より過酷な走行風に晒《さら》され、転倒や悪天候にも対応しなくてはいけないライディングウェアは、防災グッズに通じるものがある。

せっかく服装を整えたんだからと、外に出てスーパーカブのエンジンを始動し走り出した小熊は、韮崎《にらさき》のショッピングモールにある百均で、袋菓子や予備の電池、アルミ毛布やシェラカップ、漂流・遭難した人が必須のサバイバルグッズとして名を挙げていた針と糸など、あれこれと防災グッズを買い込み、駐輪場でカブに跨《またが》った。

もしも今この瞬間、天地がひっくり返る災厄が起きたとして、これらの備えとスーパーカブがあれば生き延びることが出来る。

（9）部屋でバイクを楽しもう　高校三年　十月

晴れるのは今日一日だけで、明日からはまた雨が続くらしい。

高校三年の秋。

シルバーウイークと呼ばれる十月の連休を控え、あれこれとツーリングやメンテナンスの予定を立てていた小熊は、まことに面白くない時間を過ごしていた。

梅雨の時に同じような気分になった記憶があるが、ここ数年は秋の長雨が初夏の梅雨より長くなっている気がする。

バイクがどんなに進化し、乗る人間のスキルや装備が向上しても、雨というものはバイクの天敵で、出かけるのも整備するのも不可能ではないが、色々な制約が与えられ、何より気持ちよくない。

ふてくされてもしょうがないと思いつつ、雨の連休を少しでも快適に過ごすべく部屋の中を見回したが、元々家具というものをあまり置かない部屋にはろくな物が無く、せいぜい暇つぶしに役立ちそうなのはバイク雑誌とラジオ、動画が見られるスマホくらい。

小熊は自らの生活や趣味の拠点である自室がこれほどまでに寂しいものだったのかと少々呆《あき》れたが、１ＬＤＫの部屋を子細に吟味していて、この空間に足りない物が何なのか気づいた。

スーパーカブが無い。

この刑務所か何かのような集合住宅の一室も、スーパーカブがあればきっと充実した時間を過ごすことが可能なスペースとなる。さすがにエンジンを始動させることは出来ないが、普段は行わないような整備など、やることは多い。最近は水洗い程度でしっかりワックスやコーティングの作業をしていなかったカブをスポークの一本まで磨き上げるのもいいだろう。何よりカブはただ見ているだけで幸せな気分になる。

社会人になった男子が欲しい物の上位は、自分の車を収め、整備するガレージだという。そんな夢のガレージには大概の場合、磨き上げた愛車をガラス越しに眺める、カフェのような造りの小部屋がある。

正直なところ、小熊はそこまで愛玩的なバイクマニアではないし、実用品であるカブを肴《さかな》にお茶を飲む趣味など無いが、カブを部屋に持ち込むという案自体は悪くないと思った。

あれこれと考え事を巡らせた後で、小熊は一旦冷静になった。集合住宅の賃貸部屋にカブを持ち込むなんて、そんなことが出来るわけない。入居時に積んだ敷金が吹っ飛ぶのは確実、下手すれば退去させられ宿無しになる可能性もある。

果たして本当にそうだろうか。

以前の小熊なら、こういう時にさっさと諦めていたが、カブに乗るようになってから数人の知己を得て、そのバイク乗りに影響されたのか、無理だと思うこともとりあえずダメモトでやってみるという思考が芽生えつつあった。

スマホを手にした小熊は、住んでいる集合住宅の管理会社に電話した。一応、共同入り口の蛍光灯切れを知らせるという表向きの用事を伝えつつ、世間話として雨の続く日への愚痴など述べ、相手が話に乗って来た頃合いで、部屋にバイクでも持ち込みたくなりますね、と冗談めかして言った。

意外なことに、電話相手の管理担当者はしばらく唸《うな》り声《ごえ》をあげた後、いいとは言えないけど勝手にやっちゃう分には、特にこちらからは何ら問題視しないと言う。

聞けばその人もバイク乗りで、ここ数日の雨に嘆息していたらしい。その後、担当者が女房より溺愛しているという旧《ふる》いカワサキの自慢をしばらく聞かされた。凄《すご》いですいいバイクですと通り一遍のお愛想など述べたが、家庭を持つ社会人の身で趣味性の高いバイクに乗り続けている人間への言葉としては、世辞というわけでもない。

小熊はカブに乗るようになって知ったが、バイクを愛好する人間は、様々な業種、あらゆる年齢層の中に遍在していて、どんな職場や集団でも、探せばバイク好きが居ることが多い。

それらの半ば潜んでいるバイク乗りの多くは、他の趣味より強い連帯意識を抱いていて、同じバイク乗りに対して何かと便宜を図ってくれる。無論小熊も、客先の人間がバイクに乗っていれば、それだけでいつもより丁寧な仕事に努め、その人間の円滑な社会生活、ひいては幸福なバイクライフをお手伝いさせて貰《もら》いたいという気持ちになる。

その後、ガソリンやエンジンオイル等の揮発油を抜き取ること、床やアルミサッシは汚損しないよう養生することを条件に、バイクの持ち込みは黙認される運びとなった。小熊が気になっていた床の強度については、うちは高度経済成長期に乱造された海砂コンクリの集合住宅とはわけが違う。成人男子の体重とさほど変わらないスーパーカブ程度ならビクともしないと請け負って貰った。

電話を切った小熊はさっそく動き始める。スペースを確保するため机をキッチンスペースに押し込み、床に段ボールとブルーシートを敷く。駐輪場のカブを掃き出し窓から一階の自室に運び入れる傾斜板については、専用のラダーレールを借りるまでもなく、以前建築解体の現場で、変形したためいらなくなったという足場板があったので、カブを車載する時に役立つと思い貰ってきていた。

管理会社に言われた通りガソリンとオイルを抜き取り、窓枠の下端にクッションを挟んで立てかけた足場板を使ってカブを室内に押し上げる。これくらいの重さなら特に力をふり絞るというほどでも無く、普段の駐輪場内での移動などで押し歩く作業が、ちょっと重くなった程度だった。

無事、部屋の中に入れられたカブを眺めながら、小熊は頬《ほお》を緩ませた。

屋外では小さいカブも室内では案外大きく、部屋の中を移動する時はベッドとカブの間を体を横にして、思い切り腹を引っ込ませて通らなくてはいけなくなったが、それがまた主人にじゃれつく犬や猫のようで可愛《かわい》らしい。

ベッドに腰かけ、しばらくカブを眺めていた小熊は、急に思い立って大窓を開けた。ついさっき運び入れたカブを外に出し、抜き取ったガソリンとオイルを入れなおす。カブを部屋に持ち込むという物珍しい楽しみに夢中で忘れていたが、明日からの雨でしばらく近所のスーパーに行くのも雨で面倒になる。今のうちに生活に必要な物を買い出しに行かなくてはならないことを思い出した。

室内でカブをいじるためのメンテナンスグッズも揃《そろ》えておきたいし、それらとは別に買うべき物がある。

カブを眺めながら幸せな時間を過ごすための、ちょっと上等なコーヒーと茶菓子。

(10) スワップミート　高校三年　十月

小熊と礼子、椎は三台のカブで山梨の隣にある神奈川県までやってきた。

日曜の昼。

さがみ湖リゾート　プレジャーフォレスト。

神奈川県相模原《さがみはら》市にある相模湖畔のレクリエーション施設。

国道四一二号線を左折した先にあるゲートを通過した小熊たちが、事前にネットで購入した参加証を係員に見せると、敷地内に幾つかある広大な駐車場のうちの一つに案内される。

キャンプグッズを積んだファミリーカーで一杯の駐車場を通り過ぎた先にあるもう一つの駐車場には、アウトドアリゾートを楽しむ家族連れとは毛色の違う人間が集まっていた。

駐車場を埋め尽くしていたのは、見渡す限りのバイク。

小熊たちは日曜の昼間にここまで、キャンプやバーベキューをしにきたわけじゃない。

目的はここで年に一回催されるイベント。

相模湖スワップミート。

日本最大のバイク部品交換即売会。

自動車やバイクの部品を扱う即売会では、日の出がピークタイムと言われるらしい。出展者が準備を終え、夜明けに会場のゲートが開くと同時に皆が一斉に掘り出し物を探し始める。

バイク部品のネット売買が普及した現在においてもなお、希少なパーツの入手方法は個人間での譲渡や売買が大きなシェアを占めていて、そこでは時に表の流通経路には乗せられない物がやりとりされている。

今日のスワップミートに行くことを決めた時、礼子は早朝の現地入りを主張したが、小熊は昼過ぎからの参加を希望した。深夜は大型トラックの動脈となっている国道二十号線を初心者の椎に走らせるのは無理があるし、小熊自身も夜中の国道は走っても楽しくない。結局、椎が小熊に同調し二対一で礼子が折れた。一般車が多く国道の流れがそれほど速くならず、混雑もしていない日曜午前の時間を使い、現地まで走ることに決める。

礼子があっさり小熊の提案を吞《の》んだのには理由がある。スワップミートにはもう一つのピークがあるからだ。

開場が朝早い替わりに午後の早い時間に終了するスワップミートは、終わり際になると投げ売りが行われる。

午後を過ぎた会場では、売れ残りを持ち帰るくらいならと捨て値で売られる様をあちこちで見かける。それにスワップミートに不用品や在庫を売りに来た参加者もまた別の参加者から買い物をしていて、行きより帰りのほうが大荷物になる人間も少なくない。

小熊たちが会場入りした時間には、既にあちこちで値札の書き換えが始まっていて、礼子は今にも飛び出さんばかりの勢い。椎も物欲に取りつかれた顔をしている。

相模湖のスワップミートではバイク部品が中心ながら、輸入雑貨もあちこちで売買されている。バイク乗りの中でも外車や外国車イメージの国産車に乗るオーナーは、バイクだけでなくウェアや生活用品もバイクと同じ国の物を購入してしまう人間が多く、それらの品々はしばしば住居内で有限の収納スペースや家族からの圧力等の理由で、売却や処分の対象になる。

カシオF91Wのデジタル腕時計を見た小熊は、三人各々の自由行動をすることを提案した。礼子はさっそく飛び出していく。椎も最初は会場に集まるバイク乗りの集団に気後れし、会場内をぶらぶら歩く小熊の腕を放そうとしなかったが、途中の露店に並べられたセリエAグッズの前で足を止め、そのままベルトコンベアからこぼれ落ちるように小熊から離れていった。

一人になった小熊は個人出店のスペースをしばらく見て回った。カブの部品やウェア等、目を惹《ひ》くものが無かったわけではないが、今月は外食による出費が多かったことを思い出し自重する。

企業ブースに行った小熊は、会場限定の特別価格で売られている商品を見ながら、ここまで来る途中で自分のカブに感じたほんのちょっとの不満を思い出し、品物の一つに手を伸ばした。

エンジンの点火プラグ。礼子が言うには長期消耗品のひとつだが、小熊のカブにはまだ交換が早すぎる部品。でも、もしかしたらこのプラグを、今までより高いグレードの物に換えれば、高回転でもう少しエンジンが活気づくのではないかと思った。

プラグ売り場に置いてあった適合表で自分のカブに合ったプラグを探し出し、その中でも高価で高性能そうなイリジウムプラグを手に取った。

値段を見てみると、普通のプラグに比べてそれなりに高価《たか》いが、以前興味を持ってネット通販サイトで調べた時の価格より安い。

小熊はそのイリジウムプラグを買い求めた。ここまで来た価値があったかどうかは帰路の走りで決まるんだろう。


もう少し会場を回ってみたところ、以前にも買うことを検討したサイクルコンピューターと呼ばれるロードレース自転車用のデジタルメーターがあった。

スーパーカブのシンプルなメーターは見やすくて使いやすいが、距離計に数値をゼロに戻せるトリップメーターが無いのが少し不便。ガソリンの残量を知るには表示のアバウトな燃料計より走行距離で見たほうが確実だということは経験則でわかっている。

大型バイクに取り付ける追加メーターはそれなりの値段がするが、カブの速度域なら自転車用のメーターで充分。元からついているメーターの表示上限である六十ｋｍより上の速度も正確に測れるだろう。

無駄な買い物じゃないと思った小熊は、そのサイクルコンピューターも買った。

イリジウムプラグとサイクルコンピューター、デニムのポケットに収まるくらいの小さな買い物は二つで千円少々だが、これ以上は散財できないかな、と思っていると、小熊の携帯が鳴った。

着信は礼子から。電話に出るなり一方的にまくしたてる。

「お腹《なか》すいた！」

どうやら買い物は終わり、物欲の次に来る欲求を満たす気持ちになった様子。電話を切り、椎の携帯に電話したところ、椎もそろそろランチにしたいと言う。

三人で芝生の広場に集まってシートを広げ、椎がリトルカブに積んできたサンドイッチと魔法瓶に入れたコーヒーで遅いランチの時間を過ごした。

コーヒーは椎の父が淹《い》れたらしきハワイアン・コナ。椎はマキネッタと呼ばれるポット型のエスプレッソマシンで、淹れたてのコーヒーを飲んでほしかったと言っているが、敷地内では火の使用が禁止されている。

スワップミートの雰囲気に合わせて椎の母が用意した分厚いクラブハウス・サンドイッチを食べ終わり、ランチセットを片付けた小熊たちは、駐輪場まで歩きながら互いの買い物を見せ合う。

礼子は興奮して長さ十五ｃｍほどの樹脂製の棒を見せた。なんだかツボ押しの棒みたいな外見。

「これはクボタンっていってね、ロサンゼルス市警にも採用されている護身用のスティックなの！」

要するにまた馬鹿なオモチャを買ったらしい。椎もさっき見た時には持っていなかったノースフェイス社製のボックス型ディパックを胸の前に抱いて幸せそうにしている。色を見て一目ぼれしたという。

背負ってみるとヘヴィーデューティーのアウトドアグッズながら妙に椎の体格に似合う水色のディパックを指差した礼子が言った。

「ランドセル？」

小熊はサンドイッチを喉に詰まらせそうになった。

（11）Four Wheels　高校三年　十月

季節が初秋から中秋へと変わる頃。

山梨県内の中高が盛んに運動会を催す日曜日。小熊は少々風変わりな大人の運動会に出場することとなった。

信州ヒルクライム＆ダウンヒルパーティー。

小熊の暮らす山梨の隣県となる長野県飯田《いいだ》市の峠道を閉鎖して行われる、二輪と四輪のスポーツ走行イベント。

かつて山頂に大臣の別荘があったため、国費で舗装したという登山道を見た小熊は、是非自分のカブで参加したいと思ったが、今日はそうもいかない理由があった。

一つはそのレースイベントの参加条件が、ＯＨＶと呼ばれる旧式の動弁機構のエンジンを搭載した車両に限られるということ。もう一つは、小熊はここに遊びで来ているわけではないという事情。

　小熊はつい先週、自分の通う高校の運動会で、退屈極まりない時間を過ごしたことを思い出しながら、その時着ていた体育ジャージより随分値が張るらしき、派手なペパーミントグリーンのレーシングスーツを着こみ、ジッパーを閉めた。
　借り物のため腹回りが少々余るシンプソンのレーシングスーツを全身に馴染《なじ》ませた小熊は、地下足袋のようなドライヴィングシューズの紐《ひも》を結び、バイク用より視界の狭いヘルメットを被《かぶ》る。小熊は難燃繊維のグローブを着けた手で、これからしばらくの間、徒競走の真似事《まねごと》をする自分の足となる機械をそっと撫《な》でた。

日産サニートラック
トヨタ・カローラに比肩する実用性に優れたファミリーカーでありながら、レースの世界でも数多くの実績を残す日産Ｂ１１０サニーの運送業務用モデル。
後にサニーがモデルチェンジした後も、サニートラックは各種の陸送、流通業者の要求からそのままの形で作られ続け、後に趣味車としても人気を得た。

　高三の八月に自動車の免許を取ってまだ三ヶ月に満たぬ小熊だが、このサニートラックに乗り慣れていた。というのも小熊がカブを買って以来、整備やパーツ購入で世話になっている中古バイク屋の店長、シノさんの店にあるバイク積載用のトラックで、もう老人といっていい歳《とし》のシノさん一人で営んでいる中古バイク屋に出入りしている関係で、たまに仕事を手伝う際に乗っているからだ。

腰痛持ちのシノさんは、よく客のバイクを引き取る仕事や、整備上がりのバイクを届ける用を小熊に頼んだ。無造作に車のキーと客先の住所が書かれた紙を渡された小熊が気軽に引き受けたところ、届け先が大分や福島なんてことも何度かあった。

小熊としては、そういう仕事は嫌いではなかった。手伝うたびに報酬として現物支給されるカブのパーツやライディンググッズはありがたかったし、シノさんが仕事用の車であることを忘れたかのように、各部にチューニングパーツを奢《おご》ったサニートラックに乗る経験は興味深く、教習所の車が乗るものなら、着るものであるかのように思い通り走らせることの出来るサニートラックは、峠でパワースライドさせたり直線道路で急加速させたりするスポーツ走行の真似事をしても面白かった。

もっとも、カブの操縦技量についてはそれなりに認められている小熊も、自動車のドライヴィングテクニックに関してはシノさん曰《いわ》く地味で華が無いとの評価。車両性能の限界を引き出すような走りにはほど遠いという。

シノさんが意気込んで参加を楽しみにしていたヒルクライム＆ダウンヒルイベントに小熊が代打出場することになった経緯は単純だった。出場前の試走を山梨環状道路でやっていたシノさんは、世の秩序と県の潤沢な予算を守る白黒の車に捕まり、自業自得としか言えない理由で人生何度目かの免停を食らった。

レースイベントの会場は道交法の適用されぬ閉鎖された私道で、ＪＡＦ公認イベントというわけでもないので競技用ライセンスも不要だったが、レース以前に会場まで車両を自走させられないようでは話にならない。積載車など借りる当ても無いし、元よりクラブマンレースと呼ばれるアマチュアの愛好家が集うレースイベント、参加者はみんなレースに出る車でそのまま家から走って来る。

ヒルクライム出走前の車検を終えた小熊は、サニートラックをスタート地点の横に設けられたパドックに並べる。元より予選の無い一発勝負。出走の順番は会場に来た順で決まる。スタートの順番が近づいてきた時は、小熊もさすがに口中が乾くような緊張を覚えた。

一つ前にスタートしたコルベットのタイヤが発した白煙の残る中、小熊はスターティンググラインについた。四点式のシートベルトをもう一度確認し、重いクラッチを踏みながらギアを一速に入れる。前方のシグナルが黄色から青に変わり、フラッグが振り下ろされる瞬間、クラッチを繋《つな》いでサニートラックを急発進させた。

蛇行もタイヤの空転も無く、いいスタートを切ったと思った小熊の視界に、最初のコーナーが飛び込んでくる。小熊はタイヤとサスペンションの限界を探りながら、サニートラックをコーナーに突っ込ませた。

そつなく峠を登り切ったと思った小熊の出したタイムは、惨憺《さんたん》たるものだった。ビリから四番目という、話題にもならぬ順位で、小熊より遅いのは車も乗り手も走っているのが不思議といった感じのオンボロばかり。

出走前はシニアな世代の多い参加者の中で、珍しい現役女子高生の参戦ということで周囲からチヤホヤされ、自動車雑誌の取材まで来たというのに、ゴール後は掌《てのひら》を返したように冷たい反応。

小熊の乗っていたサニートラックは、高性能でレース実績も豊富な欧米車に唯一対抗できる国産ＯＨＶ車として期待されていたらしい。他の面々は旧センチュリーやレオーネ等、ヒルクライムには向かない車ばかりで、小熊のサニートラック同様に期待されていたベレットＧＴは、会場までの自走でエンジンを壊し、出走すら出来なかった。

別に褒めてほしかったわけではないが、名機ニッサンA10エンジンの面子《メンツ》に泥を塗った女扱いされた小熊は、すっかりモチベーションが落ちていた。

まだレースはこの後に待っている下り坂のダウンヒルが残っているが、そっちはもう手を抜いて走ろうか、それともエンジンを回しまくって壊してしまえば、まだ面目は保たれるかもしれない。

出走までの待ち時間。ダウンヒルの時はそれなりに緊張していた小熊は、サニートラックの荷台に座り退屈な時間を過ごしていたが、ある物が視界に入り、アオリと呼ばれる荷台後端の跳ね上げ式ゲートから立ち上がった。

聞きなれた音と見た目。でも少し違う。小熊の視界の先には、ホンダ・スーパーカブの初期モデルが駐《と》まっていた。

今回のレースは四輪と二輪の共催イベントで、小熊のスーパーカブはＯＨＣエンジンのため参加できないが、モデルチェンジする前の初期型スーパーカブはＯＨＶエンジンを積んでいる。

小熊はこんな全然乗り手の言うことを聞いてくれないダメ車よりずっと魅力的な、スーパーカブに向かって駆け寄った。

初期型スーパーカブの周囲には、数人の男が居た。皆けっこうな年齢だが、年甲斐《としがい》もなく怒鳴り合っている。車やバイクに係《かか》わる人間はそういう奴《やつ》が多いんだろうかと思いながら横で話を聞いていると、この初期カブは四輪のダウンヒルが終了した後に行われる、二輪のヒルクライムに出場させる予定の車両だったが、このままでは出走前の車検に間に合わないらしい。

オーナーとメカニックは「今さら持ってきても遅い」「仕方ない。工場が火事で燃えた、いや火事じゃなく大雨だった」と言い争っている。案外普段からこんな罵り合いをしている二人組なのかもしれない。

小熊は互いが怒鳴り疲れ、息を切らせているところに割って入る。このカブをヒルクライムに参加させる方法はあります。そう言いながら小熊は、サニートラックの荷台を指した。

最初は信じられないような顔をしていたカブのオーナーたちは、藁《わら》にも縋《すが》る思いだったのか小熊の申し出に乗った。出走の時間が迫る中、カブをサニートラック後部の荷台に積む。

メカニックはバイクをトラックに積むために必要なラダーレールと呼ばれる傾斜板を持

って来ると言ったが、小熊は「いらないです」と言ってカブの後部を人力で持ち上げて後輪を荷台に載せ、続いて前部を持ち上げて荷台の奥まで転がしていく。新旧の型は違えど、自分のカブで何度も繰り返した作業。

普段はバイク積載に使っているサニートラックには、バイクを荷台に縛り付けるラッシングベルトも積みっぱなしになっていた。普段の倍くらいのラッシングを使って荷台のカブをがっちりと締め上げた小熊がサニートラックの運転席に座り、カブよりだいぶ本数の少ない自分用のシートベルトを締めたところで、スタートの順番が回って来た。

半ば諦めの気分で、同じくカブに乗る人間の人助けでも出来ればと思った小熊は、スタートフラッグが振られるのを眺めながら、後部にカブを積んだサニートラックを、ヒルクライムよりラフなクラッチワークで発進させた。

滑ると思ったタイヤが食いつき、小熊の体がバケットシートの背に押し付けられる。最初のコーナーが迫って来た。思えばヒルクライムの時は、ここで突っ込みの甘い走りをしたせいで、後輪駆動車の武器であるドリフトが使えず、最初のコーナーでケチがついたのか以後は精彩を欠く走りしか出来なかった。

今回はこの荷物さえ間に合わせれば、もう気合いを入れた走りをする必要も無い。そう思いながら小熊はサニートラックの前輪を、コーナーの頂点より奥のほうに突きさすようにしながらアクセルを踏み込んだ。

限界の来たリアタイヤが流れ始める。そのまま後輪を滑るに任せ、コーナー出口でタイヤがグリップを取り戻した頃合いでアクセルを踏み足した。車重が前部寄りのため、下り坂では後輪の接地が弱いサニートラック。コーナリングからの立ち上がりは期待していなかったが、サニートラックは予想外のトルクを発揮してコーナーを脱する。うまく乗れたと思った小熊が一瞬見たバックミラーに、後部に積んだスーパーカブが映る。

この荷物のおかげで重量配分が良くなったんだろう。小熊は同級生の恵庭椎の母親が言っていたことを思い出した。シボレートラックに乗っている椎の母は、シボレーで峠を走る時は後部に砂袋を積むらしい。

その後も良好なドリフトと立ち上がりでコーナリングを繰り返した小熊は、ヒルクライムの時より乗れているという確信を抱きながらゴールへと飛び込んだ。

小熊が感じていた通りタイムは良好で、表彰台は惜しくも逃しつつ、国産車のプライドを保つ役には立ってくれた。

観客たちは再び掌を返して小熊を褒めたたえる。小熊がサニートラックの後部に積んでいたスーパーカブも、麓で待っていたライダーの手に無事送り届けることが出来た。結局のところ入賞できず、中の上というか上の下あたりのタイムだった小熊には、観客投票による特別賞が授与された。他にも善戦した人間は居たが、小熊は観戦の利便性や写真写りなどの理由で観客の集まるギャラリーコーナーで、一番見栄《みば》えのいいコーナリングを披露したからだという。

レースイベントと表彰式が終わった後のシャンパンパーティーで、小熊は周囲から絶え間なく注がれるご当地産のアップルサイダーを味わった。

初期型スーパーカブのオーナーたちからも改めて礼を言われる。小熊のおかげで出場できたヒルクライム走行では、強敵と思われたハーレー軍団が、平均年齢六八歳というのが災いし、バイクじゃないほうのメカニカルトラブルが多発。同じく手ごわい相手だったカワサキＷ３は、オーナーの父親に言われて嫌々参加した十二歳の子供だったため、カブは地滑り的に良好な成績を残せたらしい。

時刻が昼から夕方になる前、小熊はパーティーを中座し帰途についた。これから山梨に戻り、礼子と工具を買いに行く約束をしていて、月曜に提出しなくてはいけない宿題をまだ一行もやっていない。

山を降り、私有地のゲートを通過した小熊は、信号待ちの間に後ろを振り返った。あの山から車とバイク、そして人が発する喧噪《けんそう》が聞こえてくるような気がする。

車が好きで、バイクが好きで、体だけ大人になってしまった奴らが、また月曜日がやってきて現実との悪戦苦闘が始まるまでの、短くとも鮮烈な経験を共有する空間。小熊も確かに、そこに居た。

「いいもんだね、やっぱり」

信号が青になる。小熊はサニートラックを発進させ、夢のような時間から日常へと戻っていく道を走り出した。

（12）身延にて　高校三年　十一月

小熊も山梨に長く暮らしていると、自分の住む地への愛着や帰属意識というものが芽生えてくる。

田舎と言われつつカブで行ける範囲で必要な物を手に入れることが出来る北杜市《ほくとし》は気に入っていて、北杜市における良からぬニュースを見て苦々しい気持ちになることもある。韮崎《にらさき》や甲府のような、北杜市近隣の自治体に対しても、生活に必要な物を入手し消費を依存しているという関係で悪い感情は持っていなかった。

合併後に北杜市に来た小熊はまだ単純なほうで、昔から暮らしている人たちはもっと複雑、同じ北杜の中でも旧武川《むかわ》村の人間として白州《はくしゅう》や清里《きよさと》への対抗意識があるらしい。

小熊が複雑な感情を抱いているのは身延《みのぶ》町だった。目的地があるというよりどこかへ行く時に通過する町という印象だが、一度町内のガソリンスタンドで、表示価格と非会員の現金価格とのズレでガス代をぼったくられたことで、すこぶる印象が悪くなった。

カブの満タンなら十円に満たぬ価格差で評価を決定する小熊のことを、礼子は貧乏臭いと笑ったが、数日後礼子も同じトラップに引っかかってガス代を六円余分に払うことになり、しばらく身延への悪口を垂れていた。

「あそこの町長はロイ・ビーン判事の子孫に違いないわ！　自分の町を通過する旅人からはふんだくれるだけふんだくる積もりよ！」

馬鹿かと思ったが、どっちにせよあまり用の無い、あまり喋《しゃべ》ることの無いクラスメイトのような関係の町。意識しないようにしていれば害は無いと思っていた。

二人して身延に恨み言を述べて数日と経《た》たぬうちに、小熊と礼子は当の身延町をカブで走っていた。二度とぼったくられないようにガソリンは地元で満タンにしたが、そこで値段を見ると身延のスタンドと同じ額。

どうやら身延だけでなく県全体でのガソリン値上げだったらしい。濡《ぬ》れ衣《ぎぬ》を着せたとはいえ一度嫌いになったものはそうそう覆せない。

富士山を間近に見ながら、くやしいが舗装のいい道路を走っていたところ、一台のスクーターが道の端に駐《と》まっているのが見えた。後輪がパンクしたらしくホイールから外れている。小熊はそのまま通り過ぎた。礼子が小熊に並び、車体をギリギリまで寄せてくる。

インカムの通話装置のような便利な物は持っていないので、バイクに乗りながら喋るにはこうするしか無い。少なくとも礼子には、小熊のように「喋らない」という選択肢は存在しない。

礼子は互いのステップが触れるほど接近しながら言う。

「どうする？」

礼子の危険な行為に少し腹が立った。自分も礼子に話したいことがある時は危険と思いつつそうしていることは棚に上げる。小熊は苛立《いらだ》ち紛れに言った。

「身延の人間を助ける義理は無い」

礼子が小熊から離れ、速度を上げた。小熊は悪い予感がする。サッカーのミッドフィールダーはフォワードがドリブルしているだけで次にどこへボールを飛ばすかわかるらしいが、礼子のこのアクションの次に来るのが何なのかわかる自分がイヤになる。

礼子は車体を倒し、片足を地面について後輪を滑らせながらハンターカブをターンさせた。すれ違いざまに小熊に言う。

「でも、あのバイクは浜松で生まれた」

そのまま来た道を戻って行く礼子を目で追った小熊は、カブを礼子ほど道路を傷つけない方法でUターンさせ、礼子の後についていく。

　スクーターに乗っていたのは、小熊たちと同年代の女の子だった。どこか遠出に行く途中らしく荷物を満載している。スマホを手にしながら誰かに助けを求めようかどうしようか迷っていた女の子は、目の前に駐まった二台のカブに警戒の表情を浮かべる。

　小熊は突然のパンクで車体がコントロール不能になったことで恐怖を味わったであろう女の子を落ち着かせ、修理してあげたい旨を伝えた。女の子が了承すると、礼子は早速パンクしたスクーターの前に座りこむ。

　そのまま小熊と礼子で道端修理を始めた。チューブタイヤのカブと異なるチューブレスタイヤの修理も、タイヤが外れていればパンク穴の裏からチューブタイヤ補修用のパッチを貼る修理が可能で、補修部分の強度はチューブレスタイヤのパンク修理用プラグより優れている。

　車輪のリムから外れ、通常は嵌《は》め直すのに高圧のコンプレッサーが必要となるチューブレスタイヤを取り付けるのに、小熊と礼子がタイヤ内にオイルスプレーをたっぷり吹き、ブレーキクリーナーを点火剤にして、スクーターの女の子が持っていたライターで火を点《つ》け、気化したオイルが爆発する衝撃でタイヤを嵌める裏技を用いたところ、タイヤは問題なく嵌まった。

礼子が常備している親指ほどの炭酸ガスボンベで空気を入れ、空気漏れが無いことを確認し、三十分と経たずに修理完了。何度も礼を言って走り去った女の子を見送りながら、礼子は言った。

「やっぱり身延は嫌いよ」

小熊は女の子の後ろ姿を見ながら返答する。

「土と水は悪くないと思う」

「だからよ、あんなにかわいい子が北杜じゃなく身延で生える」

自分が可愛《かわい》いとは思わないが、それほどまずい顔はしていない積もりの小熊は、礼子の尻を蹴った。

(13) 大人の責任　高校三年　十二月

甲府でバイク便の仕事を始めた小熊は一つ知ったことがある。

大人というのは、なりたくなくてもなれるもので、なるべきでない人間でもなってしまう。


小熊は常々子供と大人の違いは、責任の所在だと思っていた。

親に保護される身のうちは、その責任も子供ではなく親に行く。親の居ない自分もまた、何かやらかせば教師やバイトの雇用主に迷惑をかけることになるんだろう。

小熊の考えは、バイク便のライダーとして世に多く居る大人と係《かか》わり、大人と隔てなく働くようになってから少し変わった。

世の中には自分の行動に責任を取れない大人が山ほど居る。やらなきゃいけない仕事があるのに小熊が強制的にデスクの前に座らせないと働こうとしない浮谷《うきや》社長を筆頭に、学生には許されないほどの宿題を溜《た》める大人を随分見た小熊は、大人の責任とは何なのか、しばしば考えさせられた。

　その一端が、目の前で起きている騒動だろう。

　年の瀬が迫る早朝。バイク便業務用バイクＶＴＲに乗った小熊は富士山の直近、静岡県御殿場《ごてんば》市に居た。

　仕事の内容は単純なものだった。御殿場から小熊の地元に近い韮崎までの届け物。韮崎駅前のショッピングモールで行われる子供向けヒーローショーで必要となる着ぐるみの製作が予定より遅れ、ショー当日の朝にバイク便で届けることになった。その社員の言い訳じみた弁によれば、アミューズメント業界ではよくあることらしい。

　少し距離は長いが、東富士五湖道路と中央道を使えば道中のほとんどは高速走行。早朝の富士山近辺の過酷な寒さを除けば、さほど困難な仕事ではないと思いながら荷受け先まで行ってみたところ、造形会社の社員たちは小熊を見るなり、人の寿命の終わりを告げる存在が現れたかのような、高校生女子に対して失礼極まりない反応を示した。

　バイク便に荷物を頼む客はいつも切羽詰まっている。運ぶべき荷物の準備がまだ出来ていないこともしばしばある。しかしこの狼狽《ろうばい》っぷりは見苦しすぎる。以前高校の文化祭でトラブルが発生した時を思い出した。あの時はまだ実行委員の恵庭椎を筆頭に、クラスメイトたちは事態を解決すべく皆で力を合わせていた。だから文化祭には係わらぬと決めていた小熊と礼子も、似合わぬ人助けをすることになった。

やっぱり子供が見て喜ぶような物に係わっている人間は、その思考まで子供のようになるんだろうかと思いながら、小熊はライディングジャケットの袖をまくり、カシオのデジタル時計を見た。

衣装はショッピングモールの開店までに届けなくてはならない。ショーの開演は午後だが、開店時間にもお客さんの前に姿を現すという予定になっている。

タイムリミットが近くなった頃、やっと作業を終えたらしき社員が、まだ溶剤や接着剤の臭いの残る衣装の詰まった袋を差し出した。話に聞いていたより荷物は小さく軽い。

「ヒーローのコスチュームは出来上がったから、とりあえずこれだけ運んで！　怪獣の着ぐるみは午後からでも間に合うから、悪いけど運び終わったらもう一度ここに来てくれないかな？」

小学生が宿題を溜め込んだ時によくやる、提出の早い物から出す方法を、大人になってまでやる人間が居るとは思わなかった。

　小熊は急送の料金は往復した分だけキッチリ貰《もら》うことを確認した。厄介な相手だと時間までに荷物の準備が出来ていないことを棚に上げ、約束した内容の荷物を送るまでに何往復を費やそうと一回分の金しか払わないと言い出す客も居る。そういう時はこっちに話を回してほしいと浮谷社長は言っていた。浮谷社長はこの手の客からの依頼を毅然《きぜん》と断る。少なくとも山梨県内で、浮谷社長が拒絶した客の荷物を運ぶバイク便関係者は居ない。

　目の前に居る造形会社の社員はそこまで子供じゃなかったらしく、ヒーローの衣装と怪獣の着ぐるみで別々の伝票を作ってくれた。それから小熊に聞く。

「今から韮崎《にらさき》に行って、どれくらいで戻ってきてくれる？」

　ここから韮崎までの百ｋｍほどの距離を頭の中で計算した小熊は、充分な余裕を見越して答えた。

「四時間くらいですね」

　背後で話を聞いていた従業員の安堵《あんど》した雰囲気が伝わってくる。まだ未完成の怪獣の着ぐるみを完成させるまでのタイムリミットはあと四時間しか無い。しかしこの大人たちはまだ四時間もあると思っている。

　責任感に欠けた大人たちの作った不完全な荷物をＶＴＲの後部ボックスに積んだ小熊は、

せめて自分だけは責任をもって仕事を完遂すべく、韮崎まで走り出した。

御殿場で東富士五湖道路に乗り、中央道経由で韮崎インターまで。高速道路での移動が中心となる御殿場と韮崎の往復は、思ったよりも快適だった。

夜間の曇天から一転して乾燥した晴天に恵まれたおかげか、小熊が心配していた放射冷却による路面凍結も無く、社から貸与されたバイク便業務用ライディングジャケットの防風、防寒性もさることながら、故ダイアナ妃やエベレスト登山隊も愛用したダマールの防寒肌着が優れ物だった。

予定より早く三時間少々で御殿場に戻ったところ、案の定作業はまだ終わっていない。一旦造形会社を出た小熊が、近くにあったコンビニのイートインスペースで、寒空の下の走行で冷え切った体を温めるコーヒーと、熱量を補給するドーナツを味わっていると、スマホに作業終了の連絡が来た。予定の四時間よりだいぶ遅れている。

怪獣の着ぐるみが必要になるヒーローショーが開催される時間は迫っていた。造形会社の社員が心配そうに「間に合いますか？」と聞いてきたので、小熊は出発の時間から想定される当然の回答を返した。

「間に合うかどうかわかりませんが、とりあえず行ってみます」

　小熊はＶＴＲのタイヤを鳴らして走り出した。間に合わなかったとしても、それは作業の遅れた造形会社の落ち度で、自分のせいじゃない。御殿場から延びる東富士五湖道路を走っていた小熊は、中央道に繋《つな》がる分岐へは入らずに高速を降りた。

　中央道経由の道は流れが速く快適だが、大月のあたりまで大きく回り道をする。ここから国道一三七号線で御坂《みさか》峠を越えれば大幅にショートカット出来る。間に合わない荷物を間に合わせることが出来るかもしれない。

　作業に遅れ、自分の責任を果たすことは出来なかった人だが、そんな彼らが最後まで間に合わせようと努力した物を背負っているなら、こっちも最善を尽くすべきだろう。

　韮崎に着いた小熊は無用の焦りを生むと思い、走っている時には見ないようにしていた時計を見たが、やはりヒーローショー開催には間に合わなかったらしい。

　ショッピングモールの一般用駐車駐輪場とは別の、搬入業者向けスペースにＶＴＲを駐《と》めた小熊は、スマホでショーの関係者に連絡を入れた。

　電話相手は小熊に、今から伝える場所まですぐに来てほしいと言った。

屋外のイベントスペースで行われているヒーローショーは盛況な様子だった。五人のヒーローが寄ってたかって悪の怪獣を攻撃している。怪獣は言った。

「今に我が忠実なしもべが新たなる武装を携えてやって来る。必ず来る。その時は貴様ら一人残らず塵《ちり》と化してくれるわ」

小熊はＶＴＲで客席の通路を通り、ステージ前に乗り付ける。子供たちの視線が集まった。小熊はヘルメットのシールドを顔の見えないミラースモークに換えていたことを感謝した。

走りながら後部ボックスの留《と》め金を外した小熊は、ＶＴＲのフロントブレーキを強くかけた。威勢のいい言葉に反し救いを求めるような目で小熊を見る怪獣の手前で、後輪を持ち上げる派手なジャックナイフでＶＴＲを急停止させる。勢いで蓋の開いた後部ボックスから中の荷物が飛び出してきた。

小熊が後ろ手に荷物を摑《つか》んで怪獣に放り投げる。怪獣はステージの上で着ぐるみを装着し、頭数に恃《たの》み正義の棒で異物を滅多打ちにするヒーローたちへの逆襲を始めた。子供たちが小熊とＶＴＲを見て「こいつも悪者だ！　悪い女だ！」と叫ぶので、小熊はリクエストに応じるべくＶＴＲの後輪を空転させながら転回させ、今度は前輪を持ち上げるウイリー走行でステージから離れる。

正直こんなとこからは早く退散したかった。それに、これからまた御殿場まで行き、ショッピングモールの閉店時に配る販促用のオモチャを取りに行かなくてはならない。

世の中には自分の責任を果たすことが出来ず、正義の味方からお仕置きされるような大人が山ほど居る。小熊はそういう人間にはなるまいと決めているが、どっちの味方かと問われれば、自分にとってバイクがそうであるように、世間から課せられた義務や社会道徳よりも大切な物を持っている側だと思った。

(14) ライディングウェア　高校三年　十二月

小熊はクラスメイトから奇妙なお願いをされた。

高三の冬休み、年の瀬が目前に迫ったある日、小熊のスマホに最近登録したばかりの番号が表示される。

発信元は普段あまり話すことの無い同級生。先日の試験休みに高校の近くにある温泉施設で行われた期末試験後の打ち上げで、半ば義理で携帯番号を交換した。

頼み事の内容は、明日時間があったら山に登ろうというもの。

登山好きで地元の子供たちと一緒に登山に親しむ活動をしている彼女は、明日も高校の裏手にある中山という標高八百mほどの山に登る小学生たちの面倒を見る予定だったが、一緒に登る予定の友達がインフルエンザで行けなくなったので、小熊に来てほしいという話。

なんでさほど親しくも無い自分に？　と思ったが、彼女は小熊が今年の夏に、礼子と一緒に富士山に登った話をどこかで聞いたらしい。

おそらくその伝聞からは最も重要な情報が抜けている。小熊は富士登山といってもカブに乗って登頂したことを伝えたが、中山は冬でもハイキング気分で登れる山だと言い張る彼女は、一人で子供たちの面倒を見るなんて無理だと言って小熊に参加を迫ってくる。小熊は温泉施設で行われたパーティーに、空気を読めず飲み物や食べ物を買わず参加した時、彼女にお茶やお菓子を分けて貰った弱みがある。その借りを慧海なら一時間で走って登れるという低山トレッキングで清算できるならと考え、つい了承の返事をしてしまった。

スマホを切り、バイク便会社の浮谷社長に明日は夕方から勤務に入るとＬＩＮＥを入れた小熊は、山登りに何が必要か考えた結果、真っ先に慧海のことが思い浮かんだが、ＢＥＵＲＲＥに電話したところ不在だった。先日小熊があげたＫＬＩＭの防寒ウェアを標高三千ｍ近い甲斐駒ヶ岳《かいこまがたけ》でテストするらしい。仕方ないので礼子に電話を入れた。とりあえず巻き添えの生贄《いけにえ》でも居ないことには、登山なんて出来ない。

翌日、高校からほど近い中山の登山口にやってきた小熊と礼子を見た同級生は、開口一番言った。

「冬山なめてるでしょ？」

小熊の格好はリーのデニム上下にスイングトップタイプのライディングジャケット。足元はスケート靴からブレードを取った黒革のショートブーツ。普段カブに乗っている時と変わらない姿。

礼子も同じくハンターカブに乗る時に着ている、ブルーグレイの作業着上下にフライトジャケットとオイルレザーのワークブーツ。ハイキングをしに来たというより、携帯の基地局か何かのメンテナンスをしに行くような姿。

小熊は答える。

「これが一番いい」

バイクに乗る人間は、バイク以外での外出でも同じような格好をしていることが多い。バイクという金食い虫を抱えていてバイク用以外の服を買う余裕が無いという理由もあるが、バイクに乗る人間は、登山や探検で遭遇する事態より過酷な、バイクに乗っている時の風雨や転倒から自分を守るライディングウェアを過信している。

ニッカズボンにマウンテンパーカー、トレッキングシューズに羽飾りのついたチロリアンハットまで被《かぶ》った同級生は、呆《あき》れたように肩を竦《すく》めた。

「山で何かあっても助けないからね。あと子供たちの模範になるような行動をしなさい」

小熊と礼子を当てにならぬ者と決め付け、さっさと登山を開始しようとする同級生の後ろから今日の登山に参加している小学生たちがついていく。小熊と礼子は何も言うことなく、小熊は列の最後尾に、礼子は中間の位置についた。

バイクで数台連なって走る経験を何度かしていれば、それくらいのことは出来るようになる。

冬山とはいえ整備された登山道のトレッキングは道中問題なく、子供の足に合わせてのんびり登った後、山頂近くにある城砦《じょうさい》跡で昼食時間を過ごして下山する。

途中、スマホをいじりながら山道を歩いていた子供が滑落する事故があったが、礼子が身軽に斜面を降りて行き、小熊にロープを確保されながら子供を抱えて登ってくる。これでも以前小熊と礼子の二人で林道を走った時は、小学生一人よりずっと重いハンターカブを引き上げたこともある。

救出された子供は懲りない様子でまたスマホをいじり始めたので、同級生の判断で同じくスマホを見ながら歩いていた礼子共々スマホを没収された。

無事下山し、解散場所となっている登山道で、小熊と礼子、そしてオートバイウェアを少し見直した様子の同級生から礼を述べられた小熊は言った。

「楽しい登山だった」

ただ疲れるだけで一銭にもならぬ山登りが自分の趣味になるとは思えなかったが、一つわかったことがある。

標高の高くない整備された山に限れば、高性能なオートバイウェアは優れたアウトドアツールでもあるということ。

隣で礼子がさっき登ってきた山と登山道を振り返りながら言った。

「これならわたしのカブでも登れるわね」

もう一つ知りたくも無い事実を知ってしまった。バイクに乗る人間はやっぱり頭のどこかが常人の基準を逸脱している。

礼子の言葉を聞き、カブで山道を走る自分の姿をほんのちょっと想像してしまった小熊は、慌てて打ち消すように首を振った。

「バカだね、ほんと」

(15) 終業式　高校三年　十二月

体育館で特に意味や意義の感じられない話を聞き、教室でもっと意味の乏しい通知表を貰《もら》った小熊は、周囲がいつもより浮わついていることに気づく。

担任教師が話している間もこっそりスマホを見たり、小声で話し合ったりしている生徒をよく見かける。理由は知りたくもないのに小熊のスマホに表示される広告が教えてくれた。

曜日の関係で例年より一日早く行われた今年の二学期終業式は十二月の二十四日。世間ではクリスマスイブと呼ばれる日。

他の生徒は皆で集まってクリスマスパーティーをしようと話し合っている。まだ高校一年だった頃、カブに乗っていなかった小熊なら、そんなクラスメイトを横目で見ながら一人で家に帰っていた。

特別な日という意識が持てないというのは今でも変わらないが、変わったこともある。

小熊はそう思いながら、終業の礼が終わった途端に小熊の席まで駆けてくる小さい体を眺めた。

今日の終業式で数日ぶりに会う恵庭椎は、また少し痩せたみたいだった。一般受験での大学進学を目指している椎は、ちょうど今が受験勉強の頑張り時だと聞いた。

「小熊さん！　今日この後ヒマですか？」

小熊は少し頬《ほお》を緩ませながらも、意識して感情を抑えた声で答える。

「用がある」

椎の眉が下がる。休日も部屋にこもって受験勉強をしている椎とはここしばらく学校以外で会っていない。椎は小熊に用があって、あるいは用事を作って時々電話する時は、寂しさに耐えかねたように長話をすることが多いが、一緒に遊びに行くことは我慢している。

椎はもう一人のクラスメイトに声をかけた。

「礼子ちゃん！」

小熊を強引に誘うほど積極的になれない椎も、普段は自分の興味の無い物には冷淡な小熊が、無駄に好奇心のある礼子に引っ張られ流されることがよくあるのは知っている。

椎はなかなかしたたかなところがある。まずは礼子を何か美味《おい》しい物で釣って、うまく小熊を連れて来て貰おうとしている。以前はそうじゃなかったと小熊は思った。もしかして、あの水色のカブに乗り始めてからそうなったのかもしれない。

　自分の欲しいものを手に入れるための最良のツールとしてカブを買い、その目的を実行しつつある椎。少なくともカブを買うため口座に貯《た》めた貯金を使い切ったことで、いまさら失うものなんて何も無い人間の強さを知った。

　礼子は椎のお誘いに手を振って答える。

「わたしもこの後バイト～」

　礼子は聞かれてもいないのに自分のスマホを見せながら説明する。

「清里《きよさと》の現場に居る電飾業者に呼ばれたのよ、設置段階でトラブルが発生したってんで、緊急でケーブルの取っ替え」

　ついさっきもクラスメイトが清里のクリスマスイルミネーションを見に行くと話をしていたのを聞いた。光り輝く物々の陰には、それを光らせるために必要なＬＥＤ電球を飾りつけ電源を確保し、配電をメンテナンスする人間が居る。

　椎に声をかけられていた時はあまり興味無さそうな顔だった小熊の表情が動く。礼子の腕を掴《つか》まえた。

「そういう話はこっちにも回してくれないと」

臨時のバイト。たぶん上乗せされるに違いない時給。仕事内容は経験無いこともない電設関係で、場所も土地勘のある清里、なんとも魅力的な響き。

「元請けの看板屋がケチって、バイトは一人で充分って言うのよ。ケチよ」

多分元請けといってもどこかのアミューズメント会社の下請けであろう雇われ社員に二度もケチと言うことは無いとも思ったが、二度もケチと言われるようなケチにもう一人分の労働力を売り込んでもどうせケチって断るか時給を値切るに違いない。バイトは諦めて自分の用を優先させることにした。

そしてもう一つ、点灯しないクリスマスイルミネーションより重大らしき問題が小熊の前で発生しつつある。

特別な人と過ごす日のお誘いを二人から断られ、今にも泣きそうな椎に、小熊と礼子は二人で顔を近づけた。

「用が終わったら、私のカブで必ず会いに行く」

椎を安心させるように言った小熊の横で、礼子が不安げに漏らす。

「夜までに終わるかな～」

小熊は礼子の頬に触れて言った。

「死ぬ気で間に合わせて」

おいしいバイトを取られた恨みも含まれた小熊の気迫に、礼子は頷《うなず》く。

椎はさっきまでの悲愴《ひそう》な表情が嘘《うそ》みたいに目を細め、今にも喉を鳴らしそうな上機嫌な顔をしていた。小熊は正直なところ、この表情の変化を見たくて、すこし意地悪をした。

教室を出た小熊と礼子、椎は駐輪場で各々のカブに乗って校門を出る。小熊は礼子や椎とは反対方向へと走りながら、椎が何の用で誘ったのか聞くのを忘れたことに気づく。

きっと確認するまでも無い。今の椎が足りないもの、欲しいもの、そして小熊や礼子にもたらしてくれるであろうものくらい知っている。

小熊は今日の用を果たすため、とりあえずカブを自分のアパートへと向けた。

(16) そんなクリスマス　高校三年　十二月

終業式が昼前に終わったので、行政無線のスピーカーが正午のチャイムを鳴らす頃に小熊は家に着いた。

帰路のスーパーで揚げたてを買った鯵《あじ》フライのサンドイッチを作り、冷蔵庫から出したポットのジャスミン茶をマグカップに注いだ小熊は、片手で食べながらスマホを取り出す。椎からの誘いを断ったのには訳がある。二学期の終業式が終われば、その後は冬休みで、小熊には帰る実家も無ければバイトの予定も無い。

連続した休みが取れる間に、小熊は自分のカブの大掛かりなメンテナンスを済ませたかった。秋に訪れた連続的な故障で部品の多くを取り替えることになったが、全ての消耗品が新しくなったわけではない。

交換を動作の怪しい中古品で済ませたこともあったし、着脱の作業中に別の箇所が気になったが、とりあえず今動いているのでそのままにしている部分もある。

学期中はカブの状態がどうであれ、毎日の通学や生活の用に使わなくてはいけないため、整備作業は翌日に持ち越すことが出来なかったが、冬休み中なら思う存分カブをバラバラにすることが可能となる。

整備はカブを維持するための義務的な作業だが、昼間に手を動かしていても食事や風呂の時間を過ごしていても、あるいは寝ている間もだんだん頭の中がバイクのことで一杯になる感覚は嫌いじゃない。

とりあえず現状で抱えている最も大きな問題は、あと三ヶ月の間に決めなくてはならない東京の新居だが、不動産屋も休みを取る年末年始に何かしても得られるものは無いだろうし、まずは住処《すみか》を探して動き回るために必要なカブを安心して走れる状態にしなくてはいけない。

あれこれと自分に言い訳をしつつ、これから過ごすことになる充実した冬休みに思いを馳《は》せた小熊は鯵の骨を噛《か》み砕《くだ》き、スマホを手にしながら相手の番号を知らないことに気づいた。

小熊が電話しようと思っていたのは、ホンダが主に業者のために製品のパーツを供給している、部販と呼ばれる場所。今日の午後にカブの部品を買いに行くため、昨日までの整備中に必要な物のリストアップは終えている。

カブの維持に必要となるホンダ純正部品は、細々とした消耗部品は割引値段で出してくれるシノさんの店で買っているが、ある程度纏《まと》まった部品を買う時は部販か通販で買っていた。

あの部品はあってもこの部品が無いとなると、あちこち走り回ることになるし、それでもシノさんの店を通して買うほどの義理があるわけでもない。

シノさんも少々の部品購入を盾に店の整備設備を占拠する、小熊や礼子のような金にならない客が来るとあからさまにイヤそうな顔をする。もっともシノさんが小熊たちを疎む最大の理由は、店に飾っているバイクのミニカーやプラモデル、ラジコン等のオモチャに、小熊も礼子も興味を示さないことらしいが、徹夜で調色した塗装を二十時間かけて磨きこんだと言われても、いい年した大人が子供のオモチャで遊んでいることには変わりない。

部販の場所についてはもう何度も行っているので知っている。営業時間も、終業間際に駆け込んだことが何度かあったので覚えている。小熊が知りたかったのは仕事納めの日。部品屋だけでなく工具店、もちろんバイク屋も年末年始は休みになる。それゆえに冬休みは他の長期休暇と違って、早いうちに部品を揃《そろ》えなくてはならない。

　電話で聞かずとも、部販のウェブサイトには小熊のスマホでアクセス出来るが、派手な効果音と共にメニューが動画で見られるファストフードやファミレスのサイトに比べ簡素な部販のウェブサイトに載っているのは、所在地と概要くらいで、正月等の臨時の休日までは載っていないと思った。それにスマホで検索して調べるより、電話一本かけたほうが早い。

　その電話番号がわからず時間を空費している。鯵の尻尾を皿に吐き出した小熊は、部販でパーツを買った時に貰う納品書に、連絡先が書いてあることを思い出した。

　食卓の背後にある学習机の引き出しを開け、ジップロック袋で仕分けされた書類の中から、カブに必要な出費の領収書をまとめた袋を取り出した小熊は、鯵フライの最後の一口を冷たいジャスミン茶で流し込みながら、自分のやっていることを顧みた。

　今日はクリスマスイブと呼ばれる日。他の生徒も予定のある無しに係《かか》わらず浮わついた空気になる頃、部品屋の伝票を探している。

　もしかして自分は世間から浮いているのかもしれない。椎のようにクリスマスの夜を楽しもうとする女子とは別種の生物になってしまったら、将来において色々と困るのではないか。少なくとも礼子のようにクリスマスと聞いても稼ぎ時としか思わない人間になってしまったら、人としてお終《しま》いだと思う。

とりあえず今日やると決めた用は済ませるが、せめて来年の今頃、東京の大学生になった自分には、こんな日とは違ったクリスマスを過ごしてほしいと思いながら、以前パーツを買った時の納品書を引っ張り出した小熊は、ジャスミン茶が苦すぎたような顔をした。

確か去年の末。今と同じように年末年始の休みに備えてパーツを買った時の納品書には、小熊が知りたかった電話番号も載っていたが、その上に印字された日付は、十二月二十四日だった。

一年前のこの日から今まで、小熊は自分がカブの扱いだけでなく、人間関係や生活の質についても、善いほうに変化したものと信じていたが、結局クリスマスイブの過ごしかたは変わっていない。来年の今日、自分がどうしているかまで教えられた気がする。

いささか萎えた気力をふりしぼり、甲府の部販に電話して年末の休みを確認した小熊は着替えてカブに乗り、ホンダ純正のラベルが貼られた自分へのクリスマスプレゼントを買いにいった。

(17)バトルスーツ　高校三年　十二月

昼食後すぐに家を出たため、カブの補修部品を買い込む用は夕方にもならないうちに終わった。

小熊の感覚では普段の買い物範囲の距離にある甲府の部販で、事務員にパーツナンバーを口頭とスマホのメモで伝え、相変わらず部販にはほぼ欠品無く置かれているカブの部品を出して貰《もら》った。

現金払いの代金を出そうとしたところ、小熊が初めてこの部販に来てからずっと無愛想だった女性事務員が、小熊と目を合わせることなく言う。

「末締めにしますか？」

差し出された請求書には、振込み先と期日が書かれている。どうやら仕事で部品を仕入れに来る業者と同じくツケの掛け払い扱いにして貰えるらしい。小熊は予想外の応対に少々驚きつつ頷《うなず》いた。

銀縁眼鏡に後ろで束ねただけの傷んだ黒髪、ひどく痩せているわけではないが、血色の悪さのせいか幸薄そうにしか見えない事務員が、小熊を見て微《かす》かに笑った。まだ無愛想な顔のままのほうが美人に見える。

ネズミ色の事務服が似合いすぎる女がくれた、十二月二十四日の日付が入った請求書は、そういう催しに縁のなさそうな彼女がくれたクリスマスプレゼントなのかもしれない。

小熊は軽く頭を下げて部販を出た。世話になっている先への付け届けというわけでもないが、次にこの部販に来る時には、何かアクセサリーでも買っていこうと思った。そうすれば今回のツケ払いのような便宜を図って貰うこともあるだろうし、服も肌も灰色の彼女にほんの少しの彩りを添えられるのかもしれない。

部販の駐車スペースに駐《と》めたカブに跨《またが》って、時計を見た。椎からは夕食には少し早めの時間に来てほしいと言われていたが、まだ午後のお茶の時間にもなっていない。

せっかく甲府まで来たので隣の勝沼にある解体屋に行って、中古パーツでも漁《あさ》ろうと思った。甲府市と勝沼の間には他の自治体が挟まっているが、国道二十号線の甲府バイパスを抜けると、すぐに勝沼バイパスに入るので、バイク乗りの体感では甲府と勝沼は隣町。

勝沼のフルーツラインにある解体屋に行ったところで、特に切迫して必要なパーツがあるわけじゃないが、あの解体屋にいつも居る、ルーカスの映画に出てきたアンドロイドの賞金稼ぎみたいな店長が、クリスマスにどう過ごしているのか気になった。

部販から表通りに出た小熊は、一度勝沼に向けて走り出したが、すぐに逆方向の韮崎《にらさき》方面へとカブを転回させた。

今はパーツのことより先に考えなくてはいけない問題があると、今さらながら思い出した。

昼の用が終わり、夜までの暇な時間。椎のお誘いはきっと両親が催すクリスマスパーティー。この格好のままというのもあまり気が進まない。

小熊は三十分少々の帰り道を、椎の家を訪問する服装を考えながら過ごした。今までカブに乗る時には状況や気候に合わせ、必要な服を選び、着ていた。今日は実用や機能ではなく、見た目が求められる服装。そんな基準で衣服という装備を選んだことなんて今まで無かったが、クリスマスの夜くらいそういう気持ちで着る服を選びたい。

あれこれと考えているうちに家に着いた。ライディングジャケットとデニムを脱ぎ、シャワーを浴びた小熊は裸のままデスク上に置かれた腕時計を見た。まだ服は決まらない。

さほど多くの服を持っているわけでもない。カブに乗るようになって以来、私服は実用本位なものばかり買っている。高校生なら制服が正装になるところだが、ブレザー姿で行こうとは思わない。

考えても意味の無いことだと思った小熊は、一度脱いだデニム上下に再び腕を通し、着古した赤いライディングジャケットを掴《つか》む。きっとこれが椎とその両親、そして慧海が求める自分自身の姿。

脱衣所のカゴから出した服を着るだけの簡単な準備を終えた小熊は、玄関前に置かれたヘルメットを被《かぶ》り、さっきまで履いていた黒革のブーツを履き、荷物を持ってアパートを出た。

冬至を過ぎて間もない陽《ひ》はもう沈み始めているが、椎の家に行くには少し早すぎたかもしれない。しかし、一箇所の寄り道をすれば訪問に最適の時間になるだろう。

通学の時と同じ日野《ひの》春《はる》七《しち》里《り》岩《いわ》の坂をカブで降りた小熊は、一度椎の家を通過し、その少し先にある場所にカブを駐める。

小熊がこのカブを買い、以降もパーツ購入や整備で世話になっている中古バイク屋。店長のシノさんは、小熊が店内に入ってきた気配に気づき、顔を上げた。

「こないだのあれ、貸してください」

突然の頼みにシノさんの顔が綻ぶ。

「いいよ」

返事は簡素なものだったが、立ち上がりいそいそと店の隅のロッカーを開ける仕草から嬉《うれ》しさが伝わってくる。シノさんが取り出したのは、バイク部品とは毛色の異なるもの。どちらかというと乗る者に装着する部品。黒革上下のライディングウェア。

一般的なレザーウェアより分厚い革で作られたダブル襟のライダースジャケットに同色の革パンツ。肩と腕と腿《もも》にはアメリカンフットボールの試合にでも出るような分厚いプロテクターが付いている。ＫＡＤＯＹＡバトルスーツと呼ばれるライディングウェア。

数日前、小熊と礼子がシノさんの店に旋盤を借りにいった時、虫干しと手入れをしていたバトルスーツについて礼子がちょっと聞いたのをきっかけに、シノさんから上下で四十万円近いレザーウェアの自慢話を散々聞かされた。

シノさんは自分がいかにこのウェアを着て危険な走りを繰り返したのかを、当時の写真と動画を交えて説明してくれたが、実際に着てみてはくれなかった。小熊と礼子はその理由について、シノさんの腹回りについた余分な肉を見ながらなんとなく察した。

小熊が自分のバトルスーツを着てくれるというので、極めて上機嫌な様子のシノさんからダブルライダース・スタイルの上着だけ借りた。夕食の席にはいささか不似合いな腕のプロテクターを外したところ、シノさんは少々ガッカリした顔をしている。適度に着古されたライダースジャケットのウエストが小熊にはピッタリな姿を見て、もっとダメージを受けた様子のシノさんに、それもう返さなくていいと言われ、店から追っ払われる。

いつも着ていて、いい加減皆も見飽きたであろう赤いライディングジャケットを後部ボックスに放り込み、バトルスーツの分厚い革に似合いの丈夫そうなクロム製ジッパーのタブを引く。巻き込んだ服や指が千切れることはあっても、ジッパー自体が壊れることは決して無いという感触と共にジッパーが締まる。

このクラシックな革ジャケットと、脊髄や胸にハイテク素材のパッドが入ったライディングジャケット、どっちが安全なんだろうかと思ったが、決まっている。自分の体を生きて家に帰してくれるのは、自分自身で構造や弱点を把握しているウェア。

デニムにブーツにバトルスーツ。バイク乗りの正装に身を包んだ小熊は、背を伸ばし胸を張って椎の家に向かった。

おそらく自分がクリスマスパーティーの席にカブに乗る時の格好で来るのは椎たちの予想通りで、その姿はきっと予想外。

（18）トワイライト　高校三年　十二月

冬至に近い日が暮れるのは小熊が思っていたより早く、カブでシノさんの店を出る頃には、もう街灯や車のヘッドライトが目立つくらい薄暗くなっていた。

欧州北部ではこのトワイライトと呼ばれる暮れの微光が夜遅くまで続き、そのためか夜を徹して走る耐久レースがよく行われる。

小熊は椎の母が若い頃、世界耐久レース選手権ＷＥＣのレーサーとしてトワイライトの中をブっ飛ばすことを夢見ていたと聞いたことがあった。トラックのように大雑把《おおざっぱ》な、事実レーシングマシンも市販の実用セダンやトラックと同一構造だったＶ８ＯＨＶのフォードに乗り、精密で優美で、そして貴族的なフェラーリやポルシェに後塵《こうじん》を浴びせてやりたいと思っていたらしい。

椎の母が乗っている１９７０年代製のシボレートラックは小熊も自動車の免許を取って以来、何度か借りて乗ったが、アクセルの踏み方を間違えるとすぐに後輪が空転するシェビーは、昔抱いた夢の欠片《かけら》なのかもしれないと思った。

小熊がカブに乗るようになって知り合った車好きやバイク好きの中には、そんな欠片を自分の愛車に閉じ込めたまま乗り続けている人間が数多く居る。小熊はまだ若い頃のシノさんの体形に馴染《なじ》んだバトルスーツを指で撫《な》でた。

もし、このカブでマン島やニュルブルクリンクのサーキットを走ったらどうなるんだろうか。きっと場違いもいいところだと小熊は思ったが、礼子からはスーパーカブも発売されてからしばらくの間、当時の五〇ｃｃバイクの中では抜きん出た性能のおかげで、サーキットの常連だったと聞いた。

そこまで昔話ではない一九八〇年代にも、スーパーカブとエンジンやフレームは別物だが、ビジネス用途という性質上、車体外観が非常に似通っていたためカブの兄弟車種として扱われることもあるホンダ・エクスプレスがスクーターレースで絶大な強さを見せ、エクスプレスが出てくると絶対に勝てないからと出場禁止になったこともあるという。

椎の家までの二ｋｍほどの道程で、小熊は色々と考え事をさせられた。きっと欧州のトワイライトより性急に暗くなる日本の夕暮れのせいだろうと思いながら、カブをイートイン・ベーカリーＢＥＵＲＲＥの裏へと滑り込ませる。

盗難リスクが高いため、あまり表通りから見える場所に駐《と》めたくないカブを、友達特権で裏手の居住者用ガレージに駐めさせて貰《もら》う。時間にルーズな礼子はまだ来ていない。きっと作業も杜撰《ずさん》でバイトが遅れてるんだろうと思った。

　店の裏には椎の父がこのために山梨に移住したというガレージがある。こんな何の変哲もないガレージも東京で借りるとなると、山梨で一戸建てを借りられるくらいの家賃を払わされる。

　ガレージ内には椎の父が乗っている旧《ふる》いミニと、母のシボレートラックが仲良く並べて駐められている。小熊はミニの丸みのあるフェンダーに触れた。椎の父も幼少期に、雪のモンテカルロ・ラリーでミニが大型大出力の他社ラリーカーをあっさり降《くだ》した姿を見て衝撃を受け、このミニを買ったらしい。

　いささかミーハーな理由ながら、買った価値はあったらしく、この軽自動車より小さな車は、雪の中で軽さと前輪駆動の利を活《い》かして四輪駆動のＳＵＶが降参するような坂をあっさり登ったことが何度もあるという。

　方向は違うが思考がよく似ている夫婦を顕《あらわ》すようなミニとシボレー。車体のサイズも家の中での発言力に比例しているような気がする。椎はどうだろうかと思った。椎の父がモナコのミニに、母がル・マンのフォードに憧れを抱いたように、椎がカブに乗るきっかけになる物があったとしたら。それは何で、誰なのか。

真っ先に「私だ」と言いそうな奴《やつ》が、重く響くエンジン音と共にやってきた。

前後のタイヤを鳴らしてハンターカブを駐めた礼子は、小熊が自分なりに服装に気遣ったのが馬鹿みたいに思える格好だった。仕事場からそのまま来たようなブルーグレイの作業着上下。礼子はこの東日本大震災で各地を訪れた閣僚が着ていたようなワークウェアが好きで、私物としても持っているが、今日着ている作業着は真新しい。どうやらコレクションが一つ増えた様子。バイト先で貰ってきたのか盗んできたのか。

もう空は暗く、走れメロスならとっくに手遅れになっている時間。小熊は磔《はりつけ》にされるのが自分なら、礼子は日没に遅れることなく来るんだろうかと思った。来るか来ないかはわからないが、礼子なら甲府市を基準に決められている山梨県の日没時間と、実際に北杜《ほくと》市《し》で陽が沈む時間との誤差を理由にゴネる。

多少なりとも見場を良くするため、ハンターカブを降りた礼子の作業着に手を伸ばし襟を直しながら、一応必要なことだけ聞いた。

「持ってきてる？」

「もっちろん！」

　椎の両親に招かれるクリスマスパーティーには、椎から伝えられた決め事があった。何か一つプレゼントを持ってくること。何を持ってくるかも、誰に贈るかも自由。小熊は一応プレゼントらしきものを用意し、礼子にも言い付けてあった。それは忘れていない様子。

　二人で店の表に回り、貸切の札が下げられたBEURREのドアを開けると、目の前に椎が居た。エンジン音で小熊たちが来ていることを知り、待っていてくれたらしい。

　カブに乗っていると、色々な種類のエンジン付き機械が発する音の中に、自分のとてもよく知る音が一つ生まれる。街でカブの音を聞くと自然と体が反応するようになる。それだけに新聞や郵便が届いた時に「自分のカブを盗まれた！」と焦らされ、手入れの悪いチェーン音で自分のカブじゃないと気づきホッとすることもあるが。

「ボン・ナターレ！　小熊さん礼子ちゃん！」

　クリスマスディナーの夜。トゥニカと呼ばれるローマ風の貫頭衣姿で二人を出迎える椎を見た小熊は、もう最初の一皿を頂いたような気分になった。

（19）恵庭家　高校三年　十二月

椎がこの日のために用意したらしき真っ赤なトゥニカは、そのサイズからしてどうやら自分の体形を甘く見積もっていたようだった。

映画ベン・ハーのチャールトン・ヘストンが着たらさぞ似合うであろう、赤い筒型の布を被《かぶ》って穴から頭と手を出し、腰を紐《ひも》で縛っただけのシンプルな服はサイズが大きすぎて、膝丈に設計されていたであろうトゥニカの裾は床を擦《こす》りそうなくらい余っていて、だらしなく開きすぎた首回りや両腕を出す穴を見るに、素肌に直接着ている。

貸切りの日じゃなく通常営業でこの姿をしていれば、店には客が押しかけるんじゃないかと小熊は思ったが、薄い生地越しに見える椎の性徴に乏しい体のラインを見る限り、来る客層は限られる。

例えば自分の横で「椎ちゃん可愛《かわい》い～！」と抱きつき、椎に猫が本気で拒絶するような仕草で嫌がられている礼子みたいな奴とか。

子猫のような椎に助けを求められた小熊が礼子の襟首を掴《つか》むと、礼子は少々ながら大人しくなる。こっちも猫みたいだが、礼子は商店街や住宅地に居る、人間とすれ違っても逃げもせず、自分の進路を譲ることすらしない、ふてぶてしいドラ猫。

小熊と礼子は、赤いトゥニカを少し乱れさせ、息を切らせた椎にＢＥＵＲＲＥの店内へと迎え入れられた。

外から見たＢＥＵＲＲＥはクリスマスにしては地味で、小さなゴールドクレストの樹《き》が飾られているだけだったが、店内は派手派手しいクリスマスイルミネーションで飾られていた。

目がチカチカするような電飾を見ながら、エジソン発明の白熱電球より安価で電力消費も少なく、熱を発しないＬＥＤ電球の普及というのは、いいことも悪いこともあると思った。

クリスマス等のイルミネーションはやり始めると止まることなくエスカレートする。必要な部材も設置のノウハウも、ネットや通販で容易に入手できる。小熊は椎のエスプレッソマシンまでがピカピカと光っているのを見て、少し胸焼けしそうな気分だったが、それに高揚を覚える人間も居るのは事実。一般受験で大学進学を目指す椎は、今まで輝きや潤いに乏しい部屋で黙々と受験勉強をしていて、このクリスマスが終わったら最後の頑張りが始まる。

椎だけでなく普段は仕事を頑張っている人に活力を与えるため、この非現実的なイルミネーションは必要なのかもしれない。少なくともＬＥＤ電球には罪は無い。スーパーカブだって新モデルはヘッドライトをＬＥＤ化した。小熊のカブも電球切れが頻発したテールライトはＬＥＤに換えている。派手好きな礼子はメーターイルミネーションを青いＬＥＤに交換したらしい。

「メリークリスマス！」

「フレーリッヒェ・ヴァイナハテン！」

店内で椎の父と母が、英語とドイツ語でクリスマスを祝う言葉を発する。小熊は招待への感謝を示すべく一礼し、礼子の頭も下げさせてから、椎の案内で店内のイートインスペースに着席した。

スペースにある四つのテーブルを全てくっつけた特設のパーティーテーブルには、クリスマスディナーが並んでいた。小熊は目の前のご馳走《ちそう》を見てから、椎の父を見た。椎の父は誇らしげに胸を張っている。

ヨーロッパ・アルプス風の店内ながら、椎の母がイートイン・スペースをアメリカン・

ダイナーの雰囲気に統一している関係で、小熊たちがここで食事に招かれる時は、アメリカン・スタイルの食卓になることが多い。

今日も小熊は、椎の母が作るターキーと派手な色のケーキが出てくるものと思い込み、あのクランベリーのソースで食べるターキーというのは本当に美味《うま》いんだろうかと訝《いぶか》しむような気分で来たが、テーブル上のクリスマスディナーは予想と異なっていた。

アイントプフと呼ばれる野菜スープ、ライ麦パンの上にクリームチーズと共に乗せられたカツレツ、プラムバター添えのポテト、緑色のソースがかかった腸詰、真ん中にはアニメに出てくるマンガ肉そのまんまといった感じの、豚の骨付き脛肉《すねにく》を数日かけて塩漬けした後、香草とともに茹《ゆ》でたアイスバインが、ザワークラウトと呼ばれる千切りキャベツのピクルスが盛られた大皿の上に鎮座していた。なぜか焼き鯖《さば》の皿もある。

普段は小熊と礼子の来る食事で椎の母の言いなりだった椎の父が、ここぞとばかりに発言権を行使したらしきドイツ風のメニュー。椎の父は上機嫌で料理の説明をする。

「この腸詰に使われているグリーンソースは七種類の香草から作られていて、ゲーテの大好物だったんだ。あとこの焼き鯖も、日本だけでなくドナウ川流域ではよく食べられていて」

話が止まらない様子の椎の父の横で、椎の母は「デザートは私が作ったから安心してね」と言う。

椎と両親も着席し、皆でいただきますと言おうという直前、小熊は椎に聞いた。

「慧海は？」

椎は額を小熊の肩に当て、少しスネたような声で言う。

「小熊さんはわたしと話す時、いつも慧海のことばかり」

小熊は椎の髪を撫《な》でながら言った。

「慧海は私を惹《ひ》きつける人間だから」

椎は小熊に自分の頭をごしごしと擦《こす》りつけてきた。

「わたしは？」

普段の椎より低い、吐息のような声。小熊が返答を考えていると、礼子が椎に抱きつきながら言う。

「わたしはずっと椎ちゃんに夢中だけどねー！」

椎は猫が爪を立てバリバリ引っかこうとするように両手を前に出して礼子を引き剝《は》がしたが、礼子は肉球で擦られたように嬉しそうな顔。

「慧海は部屋に居ます。冬休みが始まってから、夜になるまで寝てるんです」

椎が言い終わる前に小熊は席を立った。

「起こしてくる」

（20）夜の森　高校三年　十二月

住宅兼店舗のＢＥＵＲＲＥにはもう何度も来ていて、椎の部屋に招かれたこともあったが、小熊が慧海の部屋に入るのは初めてだった。

足元の間接照明だけで照らされた薄暗い廊下に並ぶドア。椎が自作したトールペイントのネームプレートが下がり、セリエＡのステッカーが貼られた椎の部屋の隣。

小熊が同じような作りだが何も取り付けられていないドアをノックする前に、中から声がした。

「どうぞ」

眠っていたとは思えない明瞭な声。小熊は今まで開けたことの無かったドアを開けた。

部屋の中は真っ暗だった。慧海の部屋とその内装に興味のあった小熊はちょっと残念な気分になる。慧海が部屋の真ん中に立ってこちらを見ているのがわかった。ドアを開けた入り口から差し込む廊下の微《かす》かな照明を反射し、鷲《わし》か鷹《たか》を思わせる二つの目が輝いている。

「下でクリスマスパーティーが始まる」

小熊の言葉に慧海は返答する。

「今、行きます」

暗闇に目が慣れてくると、慧海が下着姿であることがわかった。彼女が色彩も、その機能も好んでいるオレンジ色だろうかと思った。慧海は暗闇の中で、小熊には何も見えない空間から服を手に取り、身につけている。

試験休みが始まって以来、慧海と二人で話したことが無かった小熊は、このまま慧海を連れて皆の居る店まで連れて行くのもつまらないと思い、暗闇に向かって話しかけた。

「休みの間はどこかへ行ってきたの？」

慧海は薄暗い部屋でシャツに腕を通しながら言う。

「昨日は実相《じつそう》寺の裏山を歩きました。一昨日は精進《しょうじ》ヶ《が》滝《たき》」

小熊の予想とは異なる返答。野外活動を好む慧海はバイトをしながらこまめに装備を買い足し、少しずつ行動範囲を広げていた。慧海の言った二つの場所は、健脚な慧海の基準では家の近所で、子供や家族連れが自然と親しめる歩道が整備された観光地。慧海の望んでいた山野の自然とはイメージが結びつかない。

小熊の抱いた疑問に気づいたかのように、何色ともつかぬ色で輝く瞳が小熊を見た。

「ドアを閉めてもらえますか？」

寝起きの自分や着替える姿を見られるのが恥ずかしいのか、そう思った小熊は部屋を出ようとしたが、それでは面白くない。小熊はそのままドアを後ろ手に閉める。部屋の中は完全な暗闇。慧海の姿すら見えない。

目を開けても閉じても同じようにしか見えない視界の中で、小熊は聴覚に神経を集中させる。体の動く音と衣擦《きぬず》れで、慧海がシャツのボタンを留《と》めているのがわかる。部屋が煌々《こうこう》と照らされている時と変わりない手つき。

「暗闇の森では、足を一歩前に踏み出すたび、感覚を研ぎ澄ます必要があります」

小熊の疑問を見透かしたかのような慧海の声で、何となく理解した。慧海が学校が休みになった途端に昼夜逆転の生活をしているのは、自堕落に怠けているのではない。きっと慧海は瞳を猛禽《もうきん》のように輝かせながら、夜の森を歩いているんだろう。小熊がカブで遠出した時に感じるようなものを、慧海は肉体一つで得ている。

小熊は目を閉じ、もう一度開けた。暗闇で慧海を感じる。何も見えないはずなのに、聴覚や皮膚で、慧海が目の前に居ることを感じる。目でも輪郭程度は見える気がした。

「では、行きましょうか」

自分の前に居ると思っていた慧海の声が後ろから聞こえて、小熊は思わず振り返った。

これも慧海が夜の森を歩いて得たものの一つだろう。体から一切の音を発することなく小熊の背後に回る。足裏から伝わってくる情報が頼りの暗闇では、ほんの少しの音を聞き逃さないため、足音も呼気すらも殺すことが必要になる。

「何も見えない」

部屋の出口がどこかさえわからなくなった小熊は慧海に手を差し出した。小熊の手に触れた慧海は言う。

「またカブの整備で怪我《けが》をしましたね？　これはマイナスドライバーで引っかいたんですか？」

相変わらず慧海の姿は見えないが、慧海が笑ったのはわかった。

小熊の手だけでなくドアノブも見えているらしき慧海に手を引かれて部屋を出ると、さっきまで暗いと思っていた廊下が明るく感じる。小熊と慧海は階下に降り、すでに乾杯の用意が整ったイートインスペースに向かった。

(21) アイスバイン　高校三年　十二月

　小熊は慧海に手を取られながら、チロル風の建物に相応の分厚い無垢《むく》木で作られた階段を下りる時、借り物のダブル・ライダースジャケットを摘《つま》みながら、もうちょっと見栄《みば》えのいい服を着ていればよかったと少し思った。

　背筋を伸ばし、足音を立てることなく歩く慧海は、紺色のウールシャツにまだインディゴの褪《あ》せていないデニムパンツ。普段好んで身につけているオレンジも似合うが、武人の藍染めを思わせる紺色も慧海らしい。ネクタイ着用を義務付けられたレストランでは、ジャケットにタイを締めていてもジーンズを穿《は》いていると入店を断られると聞いたが、きっとデニムパンツを穿いた慧海が来店したならば、それを名誉に思うことはあっても、断る店員などこの世に居ないだろう。小熊は穿き古した自分のデニムを摘む。きっとこれは店から叩《たた》き出される側のジーンズ。

　慧海は小熊の手を離し、店舗と居住スペースを隔てるドアを開ける。すでに席についていた椎とその両親、目の前のご馳走をお預けされて待ちきれない様子の礼子が歓声と共に迎える。

椎は少し不機嫌そうな顔で言う。

「慧海ちゃんは小熊さんの言うことだけは聞くんだから」

おそらく小熊と礼子が来る前に慧海を起こしに行ったんだろう。ただ、その時間が慧海の決めた起きるべき時間では無かった。

小熊は椎の父にクリスマスツリー前の上席を勧められる。椎の父が椅子を引いてくれた。慧海がそうしてくれないのはわかっていた。片手で引くと床で擦れて不躾《ぶしつけ》な音を立てる重厚なチェア。慧海は自分の利き手が塞がる行動を好まない。とりあえず慧海が自分とテーブルのコーナーを隔てて隣の席についたことに満足した小熊は、椎の父に礼を言って着席した。

皆が揃《そろ》ったところで、椎の父がワインボトルに手を伸ばしながら小熊と礼子に聞いた。

「赤がいいかな？　白にするかい？」

小熊は白のスパークリング、礼子は赤を希望した。椎の父が嬉しそうにモーゼルと勝沼のワインボトルを手に取ったところで、椎がひとつ咳払《せきばら》いをする。少し残念そうな様子でカール・ユングのノンアルコールワインを選んだ。

椎の父はコルク栓を抜こうとした。スパークリング白のマッシュルーム型コルクは布巾を被《かぶ》せて簡単に抜けたが、赤のボトルは、銀のシールをソムリエナイフで切り開けるところまでは良かったが、コルク抜きを突き立てて引っ張っても、輸入ワインに時々ある、やたら固いコルク栓はなかなか抜けない。

こういう時に格好つけたがる礼子がボトルを受け取り、コルク抜きを掴《つか》みながら小熊に言った。

「持ってて」

小熊はボトルを両手で掴む。二人の握力と腕力を合わせ、しぶといコルクはやっと抜けた。小熊と礼子は普段からカブの整備で同じようなことをしている。

固く締まったボルトを外したり、破損し固着した部品を破壊して取り外したり、それらの作業は設備の整った場所で出来るとは限らない。素人整備ではエンジン駆動のインパクトレンチや部品を固定するバイスの役割を人力で代用することはよくある。

シノさんに聞いたところ、それはバイクだけでなく車や重機、宇宙船の整備現場でも時々見かけるらしい。ある部品を押さえながら行う必要のある作業を、専用のコンプレッサーが使えない、あるいは専用品が存在しない状況で、数人が集まって「せーの！」ってやる姿はレースのピットなどでもよく見かける。

ようやく開いたワインが皆のグラスに注《つ》がれ、椎の母が乾杯の音頭を取って皆でグラスを当てた。礼子は一息で飲み干し、小熊もスパークリングワインの喉ごしを味わった。

今日のパーティーの料理を取り仕切ったという椎の父が、一つ一つの料理を説明しながら薦めてくれた。小熊や礼子はカツレツや腸詰をスープと共に平らげる。

食の細い今時の女子よりはだいぶ肉食に対して旺盛な小熊と礼子を、椎の父母は嬉しそうに見ている。椎は最初のうちは野菜スープのアイントプフとクリームチーズを塗った黒パンをちまちまと食べていたが、小熊と礼子に影響されたのか、手作りのハンバーグを頰《ほお》張《ば》っている。小熊も少し貰《もら》った。挽肉《ひきにく》というより牛の細切り肉といった感じのハンブルグ・ステーキは、濃厚な肉汁が口の中に迸《ほとばし》る。

慧海は血の味のする骨付き腸詰を食い、自身の体内にエネルギーを取り込んでいる。食品のカロリーだけでなく、歯とアゴで感じる固さもまた栄養であるかのように、腸詰を骨まで砕かんばかりの勢いで噛《か》んでいる。

腸詰にまぶされた香草のソースが慧海の唇から垂れたので、小熊は黒パンで拭ってあげた。慧海は赤ワインを一口飲んで小熊に礼を言った。

食べる勢いは獣のようだが、流麗な所作は失わない慧海の姿を、小熊はスパークリングワインの泡立つグラス越しに見た。

各々がメインディッシュを張れるくらい濃厚でボリュームのある前菜が半分ほど無くなったところで、椎の父が立ち上がり、テーブルの中央に鎮座した今日の目玉、豚の塩漬け脛肉《すねにく》を丸ごと茹《ゆ》でたアイスバインを、ヘンケルスのブッチャー・ナイフで切り始める。椎の父は先ほどワインのコルクを抜く時に晒《さら》した格好悪い姿を払拭しようとするかのように、芝居っ気たっぷりな仕草で脛肉に刃を突き立てる。小熊は意外と難しい肉の切り分けで、また失敗した時は助け舟を出そうと思い、椎の父を観察した。

ネルシャツにオーバーオールのカジュアルな格好で、顔の下半分が髭《ひげ》で覆われているが、顔は細面で個々のパーツも小さめ、四十くらいと聞いた実年齢より若く見える。ベーカリーの主人をしていても都会でビジネスマンをしていても違和感の無い顔。

小熊の視線を意識したのか、小熊が店に行った時に見せる仕事中の姿よりずっと真剣な表情になった椎の父は、何とかアイスバインの肉を骨から切り取ることが出来た。

皿の上に重量感と共に盛られたアイスバインを小熊は口にする。塩と香草だけで味付けされた脛肉は文句なしの美味。小熊と視線の合った椎の父が、まるで自分が猟に出てこの豚を撃ち取ったかのように笑った。

（22）エンジェルフード　高校三年　十二月

ドイツ風の肉料理でテーブルが満たされたクリスマスディナーが終わりつつあった。

小熊と礼子はグラム単位では計れないほどの肉を食い、椎の父も小熊たちが来る日は、いつもより余計に食べてしまうと言いながら、突き出た腹を撫《な》でていた。

受験勉強の時に眠くならないように、ここ最近は腹いっぱい食べることを控えている椎も、久しぶりの満腹に苦しそうな顔をしている。妹の慧海はいつもと変わりない顔をしていた。きっと彼女はどんな状況であれ自分に必要なだけのエネルギーを取り入れる。無論、彼女の要求する熱量は、普通の女子高生や生活習慣病を気にする成人男子よりもずっと多い。

妻から言い渡されているウエスト二九インチを守るため、これからどれだけのダイエットと運動が必要になるのか気にしている夫を尻目に、椎の母は黄色いバラ模様のプリントドレスを翻し、デザートの準備を始める。

夕食は夫に任せドイツ風で統一したが、デザートは自分の縄張りと言わんばかりに冷蔵庫を開ける妻と、デザートと一緒に出すコーヒーに自らの領域を主張すべく、エスプレッソマシンを操作し始める椎を見ながら、椎の父は言った。

「出来ることなら、毎晩君たちに来てほしい」

　小熊と礼子、そして椎はあと三ヶ月ほどで、この地を離れる。

　椎の母が誇らしげに出したのは、真っ白なケーキだった。エンジェルフードといって、卵白と砂糖、少量の薄力粉だけで作ったケーキらしい。

　肉料理に負けないボリュームのエンジェルフードが、小熊と椎の目の前に置かれる。一人1ホールはありそうなサイズ。小熊たちは頂きますと言ってフォークを手に取る。

　味も食感も不思議なケーキだった。椎の母が普段よく作ってくれる、甘さも香りも濃厚なアーリーアメリカン・スイーツとは異なる味。デザート特有のくどさをまったく感じない。

　希薄で繊細な味だが、クリームやフルーツなどのデコレートが一切無い理由がよくわかる。これは何もいらない、何も付けず味わいたい。

　椎が淹《い》れてくれたエスプレッソがよく合う。純白のケーキは、どこか椎に似ていて、小熊は椎の頬《ほお》を口に入れたら、このエンジェルフードのようにふわりと溶けてしまうのではないかと思った。

コーヒーとデザートを供に、お喋《しゃべ》りの時間が始まったあたりで、小熊は自分の持ってきた荷物を出した。

今までそういう催し物に無縁だった小熊が、今年くらいはクリスマスを祝おうと思い、用意したプレゼント。礼子も上着のポケットから包みを取り出す。なんでも先を越したがる礼子が、自分のプレゼントを椎に渡した。

箸袋ほどのちっぽけなラッピングを開けると、中身は汚らしい金属の棒だった。元は銀色だったらしき棒は、黒ずみとも黄ばみともつかぬ色に変色している。

この馬鹿は祝い事のプレゼントになんて物を持ってきてるのかと思い、今すぐ礼子を張り倒してやろうと思った。椎も棒に手を伸ばすのを躊躇《ちゅうちょ》している。

椎の父が立ち上がり手を伸ばし、棒の刻印に指先で触れながら言った。

「やっぱり、ＳＯＶＲＡＮＩのボールペンだ」

椎が金属棒をいじくると、ペン先が露出する。包装紙の裏に試し書きしたところ、書き味は極めて良好な様子。

礼子が得意げな顔で言った。

「インクが切れたら芯は取り寄せられるし、一生使えるわよ」

普通のボールペンより手に重い銀のペンは、これから大学生として、重要な書類に署名することも増えてくる椎には最良のプレゼント。しかし椎は、見た目の汚さであまり気に入っていない様子。

椎の母が手を伸ばし、椎から差し出されたペンを手にしながら言った。

「これ、磨けばピカピカになるわよ」

立ち上がって店舗のバックスペースに行った椎の母は、クロスとクリームを持ってきた。

椎の父は「銀はそのままのほうがカッコいいのに！」と言っているが、いぶし銀を好む男のセンスは多分椎には理解して貰えない。小熊は少しわかる気がする。

椎の母はクロスと研磨クリームを使ってペンを磨き始める。金属磨きは一度やり始めると止まらなくなるというが、物がペン一本なだけにすぐに磨き終わり、ボールペンは鏡のように綺麗《きれい》になる。ステンレスやクロムのギラギラした光沢ではなく、銀特有の淡く優しい輝き。

椎は磨かれたペンを胸に抱いてご機嫌な様子だった。バリスタに憧れイタリアンブランドの物を集め始めたが、エスプレッソマシンは半分店の物で、ウエストエプロンはイタリアンデザインだが日本製。ＳＯＶＲＡＮＩのペンは、椎が手に入れた小さいながら本物のイタリア。

「以前湘南《しょうなん》のスワップミートで見つけてね、押さえといたのよ、わたしより椎ちゃんが持っていたほうが役に立つ」

椎と両親に礼を言われた礼子は照れくさそうにしていた。

(23) 自分らしさ　高校三年　十二月

礼子がプレゼントを渡し終わり、今度は小熊の番。礼子よりだいぶ大きな包みを慧海に渡した。

誰か一人に、何か一つプレゼントをという決まりを伝えた時点で、自分が小熊からのプレゼントを貰《もら》えると確信していたらしき椎は、歯を噛《か》み合わせてくやしそうな顔をしている。

「開けてみて」

ギフトラッピングというには地味すぎる茶色の紙袋を開けた慧海は、中身を引っ張り出した。表情が変わる。

小熊が慧海に贈ったのは、ポケットがたくさん付いたメッシュベスト。

慧海は山野を歩く時、サバイバルに必要な装備をベストに詰めていたが、高校生の予算ゆえ釣具屋で買った安物のベストが、中身の重さに負けて型崩れしたり穴が開いたりしていたのが気になっていた。

とはいえ高価なアウトドアベストを買い与えるのでは、物でご機嫌を取っているみたいで格好悪い、そう思いながら慧海への贈り物を探していた小熊は、不定期でバイトをしている医療検査物輸送バイク便の職場で、ポケットのたくさん付いたベストを着ている人間に出会った。

彼らは大手バイク便のライダーで、ベストとライディングジャケットはその制服。彼らにそのベストについて聞いてみたところ、道楽のアウトドアレジャーとは異なるバイク便の現場で酷使されるベストは非常に堅牢《けんろう》かつ実用的で、幾度も乗っている人間の命を守ったらしい。

小熊がそのバイク便のライダーを通して、ベストを売って貰えるよう頼んだところ、ほぼ未使用のベストを無料で譲ってくれた。代償はこっちで人が足りなくなったら、仕事も請けて貰うということだったが、新生活で物入りの身には渡りに船の話だし、それくらいで慧海に喜んで貰えるなら安いもの。

小熊から貰ったベストを引っ張ったり火で炙《あぶ》ったりして強度と耐久性を確かめていた慧海は、合格点をつけてくれたらしく、小熊に深く頭を下げる。礼はいいから着てみてと仕草で示したところ、身につけてくれた。やっぱり、自分よりよく似合っている。

何とか満足して貰えるプレゼントを渡した小熊と礼子に、椎の両親からもプレゼントが贈られる。礼子にはパタゴニアの３ｗａｙバッグ。

椎の父が商社勤めしていた時代に最も役に立ったという、肩掛け出来て背負うことが出来て、機内持ち込み可能なバッグ。椎の父は以前から高校卒業後に世界を放浪すると自称している礼子に、飛行機に乗る時に荷物を預けるシステムを信用しないほうがいいと言っていた。

椎の母からのプレゼントは小熊へ、ニックアシュレイの襟付きジャケット。

渋いダークカラーのジャケットは自分には似合わないと思った小熊は、つい先ほどここに来る前に、正装と呼べる服に迷ったことを思い出す。

高校を卒業すれば制服が正装というわけにはいかない。冠婚葬祭や就職活動など、きちんとしたスーツを着る場と、普段着のライディングジャケットを着る場の中間的な場所に行かなくてはならないことも増えてくる。

椎の母によればローラ・アシュレイの息子ニックは、かつてライディングウェアでクラブへの入店を断られた経験から、バイクに乗ることが出来るジャケットをデザインし売り出したという。

　小熊がジャケットのあちこちを触ってみると、確かにバイクの風圧に耐えるべく細部まで気を使ったデザインになっていて、高速道路のチケットを入れるポケットさえ付いている。

　ジャケットは慧海が選んだのかなと思ったが、椎の母はそうではないという。ただ、小熊へのプレゼントに迷い、自分のシボレートラックでもあげちゃおうとしていた椎の母に慧海は言った。

「小熊さんらしい物を」

　小熊の頭に、部屋で聞いていたラジオから流れてきたスティングの Englishman In New York が流れた。

　ほぼ同じだがどこか違う言葉を話す、アメリカという近くて遠い国に来たイギリス人の心境を綴《つづ》った歌詞。

　今まで暮らした山梨と、春から生活することになる東京は、近いようでいて遠いのかもしれない。どこに居ようと自分らしくあり続けるには、カブだけでは足りないかもしれない。

でも、このジャケットがあれば、たぶん何とかなる。

クリスマスディナーとプレゼントで、満たされた気分になった小熊と礼子は、引きとめようとする椎と両親に、正月にはまた遊びに来ると約束し、カブに乗って各々の家へと帰った。

(24)ボールペン　高校三年　十二月

小熊は目の前に置かれた紙に書かれた内容を慎重に確かめた後、サインしても問題無いと判断した。

スーパーカブに乗るようになってから作成する機会の増えた、各種の許認可書類を書いた時の経験則で、自筆による署名のもたらす意味とそのリスクについては知っている積もり。少なくとも小熊が絶対にサインしたくないと思っている警察署発行の青や赤のチケットは、サインすれば自動的に記載内容を全て認めたことになる。

カブとの生活より長い付き合いの貧乏暮らしのおかげで、金は稼ぐことより無くさないことに対して敏感になった。それゆえ小熊は自分がサインを求められた物の中身を慎重に検《あらた》めた。

経験上相手がサインを急《せ》かす時は記載内容が怪しい。相手がある部分への注意を喚起した時には、それ以外の箇所に注意しなくてはいけない。そしてなにより、サインした書類を交わす相手との信頼関係。

小熊の目の前に居るのは、小熊が去年から在籍、登録している医療検査会社の社長。小熊はこの会社で医療検体を集配するバイク便の仕事を請け、奨学金を補う副収入には充分すぎる時給を頂戴している。

今回、小熊が甲府にある支社事務所に呼び出されたのは、検査会社が提携している流通業者への出向在籍の契約を交わすため。バイク便ライダーの人手が足りなくなり、それを補う人材として小熊が選ばれた。技量や実績というより、単に年末年始という時期に予定らしい予定の無い人間が少なかったからだろうと思った。

仕事の内容は、普段小熊がカブに乗り、医療機関を回るコースを走って検査物を集配する、ルート便と呼ばれる仕事と大筋において変わりないものだったが、今回の仕事は決まったルートが存在せず、その都度違う顧客の元に荷物を送り届ける。

書類の内容に不備が無いことを確かめた小熊は、荷物を背負う大きなバッグがいらない外出の時によく使っている、ポーターのウエストバッグからペンを取り出した。

小熊は出かける時にはバッグの中やポケットにボールペンを入れていた。礼子のようにいざという時に武器として使う趣味は無かったが、覚え書きの類をスマホの機能で済ませていても、紙に手書きのメモがそれより優秀なツールになる場面は数多く存在する。

出先で書類を書かなくてはいけなくなった時など、借り物のペンは当てにならないことが多い。銀行や郵便局、あるいは役所の記入机にはペンが置かれているが、そのペンを借りるための列が出来ていることもあって、前の人間を待つのも、後ろから急かされるのも、あまり気分のいいものではない。

事実、目の前の社長が、小熊にサインさせる書類を持ってきているにも係《かか》わらず、ペンを忘れてきている。小熊が慌ててペンを取りにいこうとする社長を制し、自分のペンを取り出すと、社長はこれこそ小熊を出向ライダーに選んだ理由だというような顔をした。バイク便、特に冬季の走行は転ばぬ先の杖《つえ》を何本も持っていたほうがいい。

小熊は最初から借り物ではなく、自分のペンで署名する積もりだった。手に馴染《なじ》んでいないペンが、つまらない書き損じを招いたりすることは、カブを整備する工具を人から借りた時の経験則でわかっている。

以前シノさんに筆記用のペンの主流がボールペンになる以前、万年筆だった時代にはペンは人から借りてはいけない物だったと聞いたことがある。本人の書き方に合わせて磨耗したペン先に、一度他人の手で違うクセがつくと、もう戻らないらしい。

万年筆というもの自体に触れたことの無い小熊がよくわからないと言うと、シノさんは工具箱からハンマーを取り出して「これと同じだ」と言った。確かに柄のしなり具合や打撃面の変形を手が熟知したハンマーを、小熊は絶対に人に貸さない。

小熊は書類にサインしながら、自分の手の内にあるペンを見た。いつもカブのパーツを買っている部品屋で、タダで貰《もら》ったプラスティック製のノック式ボールペン。小熊はバッグに入れているペンも、部屋のデスクで使っているペンも貰い物で済ませていた。シノさんの店に行けば、納入業者が置いて行ったペンが幾らでもある。

機能的に必要充分で、何より軽いことを気に入っていたが、小熊はその軽さが少し気になった。重要な書類への署名に、安物のペンは相応《ふさわ》しくないように思う。書くサインまで軽くなるんじゃないかと錯覚させられる。

そう思わされたきっかけは、礼子がこれから自分の責任で、重要な書類を書くことが多くなる椎に贈ったＳＯＶＲＡＮＩの銀のペン。小熊も大学進学等で、署名や書類作成の用は多くなる。そういえば夏の富士登山で知り合ったバイク雑誌編集者は、高《たか》価そうな服装に相応のクロスの金張りのペンを使っていた。

なんでも軽ければいいものではない。物にはそれに相応しい重さもまた重要になる。チタンやアルミで軽量化を競うバイクの部品だって、適正な車体バランスのためにあえて重いパーツを使うことがある。クリスマスの贅沢《ぜいたく》で自分の体重が増えたことへの言い訳では無い。

契約書にサインした小熊は、用を終えて甲府の事務所を辞した。そのままカブで中央市の大手古書店系リサイクルショップに向かった。

数日前にここに来た時に目を付けていたペンは幸いまだあった。フィッシャー・スペースペン。ＮＡＳＡの要求を満たすため開発された、独特の構造によって無重力下でも書くことが出来るペン。インクの耐久性が極めて高いことから、宇宙飛行士だけでなく軍人や冒険家にも愛用されている。

ネットのゴシップ記事では、アメリカは莫大《ばくだい》な費用をかけて宇宙でも使えるペンを開発した一方、ソ連は鉛筆を使ったとも言われているが、実のところソ連の宇宙開発局は、導電性が強く電子基盤の事故を引き起こす危険のある鉛筆ではなく、このスペースペンを発売以来定期的に購入している。実際の宇宙船内で米ソの宇宙飛行士がよく使ったのは、重力ではなく毛細管現象でインクを出す日本のマジックペンらしいが。

何よりスペースペンは、ヨーロッパブランドより低く見られがちだったアメリカの文具メーカー全体の価値を引き上げることに貢献した。

リサイクルショップの中、宝飾品や高級時計と同じ扱いでガラスケースに入ったスペースペンを、店員に出して貰った小熊は、そのままお買い上げしてしまった。中古ながら未使用品がネット通販で見た新品価格の半値なら、得したといってもいいと自分に言い聞かせる。きっとバイク便のバイトが決まったことで、気が大きくなっていたんだろう。

店を出た小熊は、箱から取り出したスペースペンを手で弄んだ。このペンが宇宙で使われた証明のような、スペースシャトルの装飾に指で触れる。

クロムメッキのペン軸は、その用途に相応しい、程よい持ち重りを感じさせた。

㉕ レクサスの女と　高校三年　一月

後で思い返すに、帰路で少し暖を取ろうと思ったのがいけなかったのかもしれない。
小熊はちょっとした面倒事に巻き込まれた。

先日、小熊が棒人間と呼んでいる解体屋店長と、彼にまとわりつくマルーンのレクサスに乗った女の繰り広げた奇妙な昼ドラに遭遇しつつ、問題解決に助力した礼として欲しかった工具を首尾よく手に入れた小熊は、久しぶりに休日のカブ散歩を楽しんでいた。

相応の金を払って買うつもりだった工具をタダで貰い金が浮いたことで、少し気が大きくなっていた小熊は、温かいコーヒーが一杯飲みたくなり、帰り道の途中にあるファミレスに入った。

夕食にはまだ少し早く、満席に若干ながら余裕のあるファミレス。店員がお好きな席へどうぞというので、カブを駐《と》めた駐輪場が見える奥の席へと進んだ小熊は、聞いたことがあるような無いような声に呼び止められた。

「あなたもお茶？」

四人掛けのボックス席で手を振っていたのは、出来れば二度と会いたくないと思っていた、マルーンのレクサスに乗った女だった。

車に合わせたのか、それともよほどその色が好きなのか、小綺麗《こぎれい》なマルーンレッドのパンツスーツを着た女は、自分の向かい側を指しながら言った。

「ここ空いてるわよ」

小熊としては、この女とはあまり係《かか》わり合いになりたくなかった。小熊が世話になっている解体屋店長と旧知の仲らしき女。小熊がスターウォーズに出てくる殺人ドロイドのような見た目から棒人間と呼び、彼女が藍地《あいじ》くんと呼んでいた店長がバイク解体屋の仕事をすることを、良く思っていないのは知っている。こっちはその店でよく顔を合わせる馴染み客。いい印象を持たれているとは思わなかった。

向こうがこっちを何かの理由で嫌っているなら、その感情を取り除くような無駄なことはしたくない。小熊がバイクという人によって印象の異なる物に乗り始めて学んだこと。

世の中にはバイクに乗っているというだけで十年来の友人のように接してくる、良く言えば友好的、悪く言えば距離感のおかしい人間が居て、無論その逆も居る。アレルギー的にバイクを嫌っている人間にはこっちも触りたくない。小熊の見立てでは、このマルーンの女も、バイクを嫌悪する側に居る人間。

小熊は聞こえないふりをして通り過ぎようと思ったが、ちょうど目当てを付けていた最奥の席を別の客に取られ、ほぼ満席になったので、しょうがなしにマルーンの女の向かいに座る。今度からファミレスに寄る時は、駐車場や駐輪場に怪しい車が無いかチェックしようと思った。例えば非道徳的な改造を施した赤いハンターカブなど。

「失礼します」

マルーンの女の向かいに腰を下ろした小熊は、座るなり呼び出しボタンを押した。忙しいふりをして早々にコーヒーを飲み終えて席を立てば、無駄に絡まれることも無いだろう。向こうもお茶を飲みながら何かの書き物をしていたらしく、テーブルの上にはノートＰＣを広げていて、横には空のカップと食べかけのピッツァが置かれている。

すぐに店員が来たので、小熊が注文しようとしたところ、マルーンの女が横から口を挟んだ。

「お会計は一緒で」

この女に奢《おご》られる理由は無い。断ろうとしたが、マルーンの女がメニューを広げて選択を迫るので、初志貫徹でドリンクバーのみ注文した。

マルーンの女はにこやかに言った。

「デザートもいいのよ。まぁ後から頼めばいいわね」

うっかり奢って貰ったりしたら面倒なことになるのではないかと思ったが、どうせ解体屋でたまに顔を合わせる程度の人間関係、それほど実害は無いだろうと思い、短く礼を言った小熊は席を立った。

「コーヒーを淹《い》れてきます」

小熊がマルーンの女のカップを手に取りながら目で聞くと、マルーンの女は他人に指示することに慣れた声で答えた。

「ダージェリン。クリームと砂糖つきで」

小熊はドリンクバーまで行き、自分のカプチーノと、ティーバッグで置いているため無駄に手間のかかるマルーンの女のお茶を注いで席に戻った。小熊としてはあの女のために働く気は無かったが、この今まで遭遇したことの無い類の女と、どう接したらいいのか考える時間が欲しかった。

結局何も思いつかず、両手にカップを持って席に戻る。マルーンの女は「ありがと」と言いながら小熊が淹れてきたお茶を手に取り、一口飲んだ。それから話し始める。

「このあいだは本当にありがとう。改めてお礼を言わせて貰うわ。お騒がせしちゃってごめんなさいね」

かつては大学で民俗学を専攻する優秀な研究者だったという棒人間。彼が現在のライフワークとしている山梨の風土病研究を中断させ、大学に戻したいと願ったマルーンの女。小熊は二人の男女が繰り広げた純粋とはいいかねる感情のぶつかりあいを調停する羽目となった。

小熊は首を振りながら答える。

「騒がしいのはいつものことですから」

解体屋は棚にディスプレイしている商品をただ取るような場所では無い。目当ての部品を手にするために、置かれているバイクを自分で分解したり、部品の山を登って掘り出したりする。たまに居合わせた客が一九六〇年代のホンダＧＰレーサーを見つけ、二万回転くらい空ぶかしすることもある。

小熊も最初は消音器など無いメガホンマフラーの鼓膜を破りそうな音に困惑したが、そのうち珍しいバイクのエンジンを回す時は、解体屋の奥から見に行くようになった。当時のレースシーンではホンダミュージックとも呼ばれた排気音が八ヶ岳《やつがたけ》に木霊を響かせるなんて、聞かない手は無い。

猫舌気味の小熊は口腔《こうこう》の熱さをこらえつつカプチーノを飲んだ。今は温和な顔をしているマルーンの女が、棒人間と一緒に居た時のように情緒不安定な様を見せる前に退散しようと思った。

マルーンの女は、着香が強めなためそのまま飲むほうが向いているダージェリンに、クリームと砂糖を入れるなり飲み始めている。小熊の恣意的な基準では、少なくとも味覚において信頼に値しない。

熱いお茶に冷えたピッツァ。温度にも他人の言葉や感情にも鈍感らしき女は、席から半分尻の浮いた小熊に向かって一方的に言った。

「良かったらこれから何か食べに行かない？　いいお店を知ってるの。もちろん奢りで」

体のいいお断りの台詞《せりふ》は思い浮かばなかった。どうやらお茶だけでなく夕食までタダでありつけるようだが、それは随分と高くつきそうな予感がした。

(26)チャイニーズ　高校三年　一月

　飲み放題のドリンクバーで一杯飲んだだけで店を出る。

　なんとも損をしたような気分だが、小熊はカードで会計を済ませたマルーンの女に礼を述べ、店外の駐輪場に駐めた自分のカブに歩み寄る。

　女はスーツと同じマルーンレッドのレクサスＳＵＶをキーレスで開錠している。

　後ろからついてきてというマルーンの女に、小熊は聞く。

「どこに行くんですか？」

　女はレクサスＳＵＶのエンジンをプッシュボタンで始動させながら答える。

「きっとあなたが気に入るところ」

　小熊は自分が多少なりとも人となりを知っている棒人間が、あの女から離れた理由が何となくわかった気がする。彼女の背後では、小熊のカブと同じガソリンエンジンの移動機械とは思えないレクサスが、自らの傅《かしず》くべき主人の乗車を待っていた。

小熊は自分にこびへつらう存在だなんて思ったこともない、それどころか命を奪おうとしてくることさえある自分のカブに乗り、音も無く駐車場を出たレクサスを追った。背後を走りながら見る限り、運転は下手では無い。他車の流れに乗り、無理な追い越しはしない。バスかタクシーのような運転。きっと車の性能に助けられているんだろう。

勝沼のバイパスを抜けてすぐに右に折れ、中央本線方面に少し走った先にある店にレクサスは滑り込んだ。外観は洋館風で何の店なのかわからないが、広い駐車場に並ぶ外車や国産高級車を見れば、客層の察しはつく。

バイクや自転車で来る人間など居ない類の店らしく、駐輪場が見当たらなかったので、バックで駐めたレクサスの後部と駐車場フェンスの間にカブを駐めた。

レクサスを降りた女は、ヘルメットを脱いだ小熊に言う。

「服装を気にする必要は無いわよ。気楽な店だから」

言われなくとも、まだ自分が連れて行かれるのがどういう店かさえ教えて貰《もら》っていないし、スマホで調べる暇さえ与えてくれない。行き先の素性がわかるまでは、こっちも自分を守るプロテクターの入ったライディングジャケットを脱ぐ積もりなど無い。

　マルーンの女は、小熊を先導するように洋館の入り口へと歩く。看板の類の出ていない洋館の、銅板のプレートがあるだけの重厚なドアは、マルーンの女が何もせずとも開き、黒いディレクターズスーツ姿の老人が二人を中へと迎え入れた。

「二名で。奥の部屋がいいわ」

　マルーンの女の言葉に頷《うなず》いた老人が、二人の前を歩く。薄暗い室内のあちこちに仄《ほの》かなランタンの灯《あか》りで照らされたテーブル席が見えるが、緞帳《どんちょう》で隠されていて客の姿も出された料理の種類も見えない。

　天幕で覆われたテーブル席に案内され、老人に引かれた椅子に座った小熊に、向かいに座るマルーンの女は言った。

「中華って好き？　ここは四川料理が美味《おい》しいのよ」

　小熊は店の雰囲気に少し呑《の》まれながら答える。

「四川料理がどういうものかわかりません」

　マルーンの女は腹が立つほど余裕を感じさせる微笑《ほほえ》みを浮かべながら言った。

「きっと気に入るわよ」

この女と同じく、無駄に持って回った舞台装置の中で食べる四川料理とかいうものを、気に入ることなど無いと思っていたが、二人が席につき、何一つ注文しないうちに運ばれてきた料理は、小熊が今まで食べたことの無いような味だった。

マルーンの女によれば、この店の自慢は、四川ご当地で食べられている料理じゃなく、それがアメリカナイズドされた、アメリカン・チャイニーズと呼ばれる料理らしい。

「北京ラヴィオリよ、この海鮮醤《ハイシエンジャン》で食べるの」

餃子《ぎょうざ》のようだが、小熊の知るスーパーマーケットの餃子より大きい角型の餃子を、言われた通り刺激的な味の醤油《しょうゆ》に付けて食べる。詰め物の挽肉《ひきにく》は、小熊が数日前に食べたハンバーガーが肉の食感を再現したプラスティックか何かだったのかと思わせるような味がする。

続いて運ばれてきたのは、ムーシュー・ポークと言うらしい。豚肉、タケノコ、キクラゲの炒《いた》め物《もの》と、薄く焼いた餅。

マルーンの女が「こうやって包んで食べるの」と言いながら、豚肉炒めを少し不器用な手つきで餅に包んで見せてくれたので、小熊も真似《まね》る。女は小熊の手つきを見ながら言った。

「もしも私が将来大きな病気に罹《かか》って手術を受けることになったら、あなたに執刀してほしいわね」

小熊はムーシュー・ポークを味わうことに集中しながら答える。

「外科を専攻する予定はありません」

自分のことについてうっかり話してしまったと思った。さっきまでは出来るだけ早いうちにこの女から逃げようと思っていたのに、これだから美味《うま》い飯というのは良くない。

食事は進み、鶏とカシューナッツの炒め物が運ばれ、続いて出てきた黒豆で煮たアサリに小熊は満腹しつつあった。二人が食事中に飲んでいた、ガラスの茶器に花房が丸ごと入ったジャスミン茶が、龍井《ロンジン》茶という中国緑茶に替わり、デザートの枝についたままの赤い桂味《グワメイ》ライチが届けられる頃に、やっとマルーンの女は、話の本題を切り出した。

「少し、私と藍地くんの昔話を聞いてくれる？」

（27）茅台酒《マオタイ》　高校三年　一月

世の中には料理の美味さと居心地の良さが反比例する場というものもあるらしい。

小熊は赤いライチの皮を歯で剝《む》き、芳香と瑞々《みずみず》しい甘みを味わいながら思った。

話を聞いてほしいと言いつつ、断りにくい雰囲気を作る、マルーンの女は拒絶の返答など全く考慮していない様子で喋《しやべ》り始める。

今まで食べたことの無いほど美味なアメリカン・チャイニーズ料理の飯代だと思って、ただ黙って聞いていれば、それほど長引くことなく終わるだろう。うっかり外れのアニメ番組を見始めてしまったと思えばいい。


小熊が頷いたのを見て安心した様子のマルーンの女は、小熊ほど綺麗《きれい》ではない仕草でライチを食べている。別の視点から見れば女性らしく官能的とでも言うのかもしれない。

紺色の絹で出来た中国服の店員が茶器を取り替えにきた。マルーンの女は店員に言う。

「マオタイ酒と氷を」

店員は頷いて引き下がる。小熊はもしかして自分がこれから課される強制視聴はアニメ一本じゃなく、劇場映画になるのかもしれないと思い始めた。

「あなたは何にする？　ここのマオタイ酒はおすすめよ、えーと」

マルーンの女が小熊を見ながら、どう呼べばいいのか迷うような仕草を見せた。

「小熊でかまいません。飲み物はお茶で」

自分が未成年だとか法律で禁じられているという問題は、目の前にある危機を逃れるためなら無視していいものだと思っているが、小熊はカブの操縦能力を落とすような物は飲みたくなかった。マルーンの女はどうだろうかと思ったが、きっと客が酒を頼んだ時点で必要な手配をしてくれる類の店で、自分で運転代行やタクシーを呼んだり、車を預かって貰うよう頼む必要は無いんだろう。無論小熊は、知らない店の知らない人間にカブを預ける気など無い。

さほど待たされることなく、白い陶器の二合瓶が、氷の満たされた銀のペールと共に届けられる。小熊は椅子から腰を浮かし、添えられていたクリスタル・グラスを手に取る。カット仕上げの手に食い込む鋭さからして高価《たか》そう。グラスに氷を落とし込み、マオタイ酒の栓を抜いて、以前バイク便の仕事でワイナリーに行った時に嗅いだ、熟成中の白ワインを思わせる香りの液体をグラスに指二本分ほど注ぎ込む。

マルーンの女は「ありがと」とだけ言ってグラスを手に取り、言い添えた。

「あなたは将来もてるわよ。今もそうなのかな？」

小熊としては早く話を始めて、そして終わらせてほしかったので、催促する目的で口と脳の潤滑油になるものを注いだだけ。小熊はマルーンの女の問いには答えず、自分の龍井茶の入った茶杯を手に取って、マルーンの女のグラスに軽く当てた。

体を動かすオイルとガソリンを兼ねているらしきマオタイ酒を数口で飲み干したマルーンの女は、お代わりを自分で注ぎながら言った。

「何の話だっけ？」

小熊は日本の緑茶より色が淡く、渋みがまろやかな龍井茶を一口飲んで答える。

「あなたが藍地くんと呼んでいる男性についてです」

マルーンの女は、二杯目のマオタイ酒を一口飲んでから言う。

「そう！　その話！　聞いてくれる？」

面白くない物語が往々にしてそうであるように、話の本題に入るまでの前置きが長すぎる。

小熊は黙って頷きながら、あの女の飲んでいるマオタイ酒を一口くらい貰おうかと思った。

「大学時代の藍地くんは凄《すご》かったのよ。外部進学の奨学生でお金も実績も、後ろ盾すらない藍地くんが、一つだけ持っていたホンダのオフロードバイクで、どこかに出かけるたびに、お父さまもゼミの皆も、彼が今までどんな研究者も明らかに出来なかった地方風俗の情報を持って帰るのを待った。でも、彼が無事帰ってくることを、最も強く願っていたのは私」

　話が小熊の苦手とする方向に進んできた。まぁつまらない映画みたいなもんだと思っていた話が、時間潰し程度にはなることがわかったので、小熊は忍耐強く聞き続けた。

「あの時の私たちは愛し合っていたと思う。藍地くんはいつも持ち帰ってきた資料を真っ先に私に見せてくれた。それを論文に書き起こしていたのは私。フィールドワークが終わるといつも抜け殻みたいになっていた藍地くんの下宿に、いつも食事を届けたのは私。修士課程が終わってからも大学に残るよう手配したのも私」

　それを恋愛関係と呼べるのか、小熊にはわからなかった。教授の娘という使い勝手のいい女が体よく利用されていたようにしか思えない。この女も彼のことを自分の望む形に押し込めようとしているからにはお互い様なんだろう。

小熊の基準で、好意とか信頼を示す目安のひとつになっていることだけ聞いてみた。

「その藍地くんという男は、あなたをバイクに乗せてくれたことがありますか？」

聞いた後で聞かなきゃ良かったと思った。マルーンの女は体を震わせ、グラスを握り締めながら声を絞り出す。

「何で、何でなの？　藍地くんは一度も私をバイクに乗せてくれなかった！　終電後に下宿まで行った時も、お金なんて無いのにタクシー代を渡して帰らせた。誰も乗せなかったのに、それなのに！　あのアイヌの女の子を後ろに乗せて！」

ダブルのマオタイ酒をもう一杯飲み干したマルーンの女の吐き散らした言葉を情報整理した限り、あの棒人間は大学時代、バイクをフィールドワークの道具として使っていた。マルーンの女の言葉端から拾った車種の特徴から察するに、ホンダＸＬＲ２５０のＢＡＪＡモデル。

小熊は多数あるバイクの中から、マルーンの女の「お目めが二つ」と聞いてすぐにデュアルヘッドライトを備えた数車種に特定できる自分に苦笑した。

後部に取り付けた大型ボックスにフィールドワークに必要な野宿道具を積みっぱなしのＸＬＲに彼が人を乗せることは無かったらしい。それがある日、彼が調査していた北日本で地方奇祭の犠牲にされそうになっていた少女を後ろに乗せて、成城にある大学まで帰ってきた。

「藍地くん今でもあの女の子の面倒を見ているらしいわ。きっとそのために山梨に居続けているのよ！」

小熊の悪い予感は当たった。やっぱりというか昔話ではなく、現在もなお進行している問題だった。

マルーンの女は一本目のマオタイ酒を飲み干した。

小熊は店員を呼ぶための物らしき呼び鈴に手を伸ばしながら言った。

「おかわりを注文しますか？」

マルーンの女が一方的に話す断片的な内容を聞いた小熊には、一つだけ気になることがあった。

その藍地という名の解体屋店長が乗っていたというオフロードバイクは、今どうなっているのか。

小熊はこの二人にまつわる問題に係《かか》わった時、人間心理を全て無視し必要なものだけを提案した。

それが奏功したのかどうか、現在、二人の共同生活はうまく行っているらしい。

しかし小熊は、今まであの解体屋でホンダＸＬＲを見たことが無かった。

人はわからずとも、乗っているバイクを見ればその人間の状態はわかる。彼がフィールドワークの武器としていたバイクを現在どう扱っているかに、この問題を解決する答えがある気がした。

「彼の乗っていたバイクが今どうなっているか、わかりますか？」

マオタイ酒の回ったマルーンの女は、小熊の直截《ちょくせつ》な問いにあっさり答えてくれた。

「さぁね。あのアイヌの子を連れて帰った時にはもうボロボロだったし、捨てちゃったんじゃないの？」

もし本当にそうならば、彼が大学でフィールドワークに必要としていたバイクをあっさり手放したのなら、彼はもう民俗学の研究や大学との関係に見切りをつけている。この女の言うアイヌの少女とかいうのは関係なく、二人の関係は間もなく破綻する。

(28) 生贄《いけにえ》　高校三年　一月

二本目のマオタイ酒がマルーンの女の口を軽くしてくれたらしく、小熊は有益なのか無益なのかわからない情報を色々と聞くことになった。

専攻する民俗学のフィールドワークを行うため、北海道に滞在していた棒人間は、アイヌの少女を連れて大学に戻って来た。マルーンの女から奇祭の生贄という言葉を聞いた時は、マオタイ酒が脳に回って妄想と現実の区別がつかなくなったのかと思ったが、詳しく話を聞いたところ、アイヌといっても曾祖父の代で縁戚関係があるだけの家に生まれた娘で、両親は北関東からの脱サラ移住組だった。

北海道でイベント企画会社を興したアイヌ少女の父母は、地元の観光資源となっていた奇祭のプロデュースを受け持ち、娘もそれを手伝わされていた。

奇祭の実行とその収益に社運を賭けていた両親に、祭祀《さいし》の経理や設営だけでなく、アイヌの格好でパフォーマンスまでやらされていた少女の私生活は制限され、交友関係も進学もままならない暮らしを強いられていた。

少女はブラック企業やブラックバイトがニュースで話題になる中、やむをえないものとして見過ごされがちなブラック家業の犠牲者だった。

アイヌの少女に非人間的な暮らしから救い出してほしいと乞われた棒人間は、傍観者に徹するという民俗学研究者の立場を捨てて、少女を自分のＸＬＲ２５０に付けたボックスに詰め、観光客や移住者を歓迎しながらも人の出入りに厳しい監視が行われている村から少女を連れ出した。

人ひとりを箱詰めにしてバイクで運ぶことが可能だなんて信じられないとマルーンの女は言っていたが、バイク便の人間が使う業務用のＦＲＰボックスなら、体格によっては問題なく入れられることは、身長一四〇ｃｍ弱の椎で確かめている。椎より少し大きく一四〇ｃｍ台後半の浮谷社長を詰めてみたこともあった。浮谷はあちこちの骨をゴキゴキ鳴らしながら「痛い小熊ちゃんもうやめて！」と言っていたが、やめようとすると「やめないで！」と言うので、小熊が蓋の上に尻を乗せて強引に詰め込んだところ、入らなくもないことはわかった。浮谷はその日の午後、ずっと首と右足が曲がりっぱなしだったが。

少女の両親は棒人間を未成年者略取で訴えると息巻いていたが、棒人間は少女が勝手に荷物箱に入り込み、東京に着くまで気づかなかったと突っぱねた。彼は普段の寡黙な姿からは想像できない口調で、少女の両親が双方とも親権者としての資格を欠くことを、必ず立証してみせると言ったことで、少女の扱いについて後ろ暗いところもある両親は告訴を躊躇《ちゅうちょ》し、少女が自分の意思で帰ってきてくれることを期待したが、少女は棒人間の薦めた公的な扶助機関へと行くことを拒み、棒人間の側《そば》を離れようとしなかった。

その後、少女が東京で生活基盤を整え、自活できるようになるまで、棒人間は保証人として少女を扶助し、高校さえ満足に行けなかった少女の大検合格と大学進学を機に一切の関係を絶った。

大学生になってからも事あるごとに棒人間のところに来る少女から離れるため、棒人間は少女の通う大学とその寮から近い自分の大学を離れ、山梨で暮らし始めたという。

マルーンの女は棒人間の行動とその理由について理解できない様子だったが、小熊には少しわかる気がする。

人との関わりを避けて生きてきた人間も、何かのきっかけで変わることがある。小熊にとってそれはスーパーカブだった。あの棒人間を変えたのは、地方奇祭とその正体だったのかもしれない。

旧家に居つく幽霊と呼ばれた存在の正体が、人買いの商品だった話や、忌み地の伝承が、山菜や茸《きのこ》を独占するためのものだったり、逆に災害リスクの高さを地名に残している場所が、住宅開発で全く別の地名になった話など、民俗風習の生臭い裏話は幾らでもある。そして地方奇祭で動く金と利権に踊らされた人たちによって、弱き者が犠牲になることで生み出される現代の生贄。

きっかけが何だったのかは知らないが、とにかく棒人間は一人の少女を救い、それにまつわる多くの人たちの人生を変えた。そして、それまで深い人間関係に縁の無かった人間には強すぎる他者の感情をぶつけられた棒人間は、自らそれを拒むようになった。

今はスーパーカブのおかげでそれなりに人間関係を構築できたと思っていた小熊は、自分もいずれそうなるのだろうかと思った。大学に入ってからも、周囲の人に恵まれるとは限らない。人との交わりに対する拒絶反応かリバウンドのように、また孤独な生活に戻ってしまうのかもしれない。少なくともあの棒人間がそうなってしまうのなら、自分もいつかそうなる。

マルーンの女は、自分が変えることの出来なかった棒人間をあっさり変えたアイヌの女を憎んでいる様子だったが、女として少女の気持ちはわかるといった感じで言った。

「未練を持っているのはあの子じゃなく藍地くんなのよ。離れることがあの子のためだと思いつつ、大学のある八王子に自分の目が届く山梨までしか行けない。女は男のためなんて考えない、ただ一緒に居て楽しいからその人のとこに行く、つまらなくなったから去るのに」

それまで黙って話を聞いていた小熊はお茶を一口飲み、それからマルーンの女に言った。

「それで、あなたはどうしたいのですか？」

マルーンの女は酔っ払いの中でも、特に小熊の苦手とする状態になったらしく、涙混じりに言った。

「私はこれから先もずっと藍地くんと一緒に居たい。私たちが築き上げた二人の生活を誰にも邪魔されたくない。私が作った分室で研究を続けたい。私は藍地くんが好きなの！　だったら好きな男を自分の望む方向へ善導するのは当然でしょ？」

マルーンの女が山梨で暮らすため、小熊が購入を手配したエアストリームを、自分で入手したかのように言っているのはともかく、彼が一緒に居たくなる最大の理由はそこだと言いたくなった。酒も人間関係も、一度強いものを味わって苦手になった人間に、強い酒や濃い人間関係を押し付けるような真似《まね》をすれば、顔をそむけられるのも当然のこと。

しかし、小熊には複雑に絡んだ彼らの人間関係と悩みを解決することなど出来るわけない。小熊はただ、自分にとって有益な解体屋が、落ちついて買い物も出来ないような状態になることだけを回避したかった。それから、もしかして少し未来の自分の姿かもしれない棒人間の生活に変化をもたらすことが出来るなら、そうしたいとも思った。

(29) バイクの意思　高校三年　一月

翌日、小熊は棒人間の解体屋に居た。

エアストリームが存在感を示すようになった解体屋で、棒人間はいつもと変わりなかった。小熊がやってきても何の反応も示さず、ただ何かの部品を磨く作業を続けている。やはりあの部品は血肉ではなく機械で出来ているようにしか見えない棒人間の、体の何処《どこ》かに使う物なんだろう。彼が部品の磨《す》り合わせを終え、自らの手で組み付ければ、愛想笑いの一つくらいするようになるのかもしれない。

マルーンの女は見当たらない。小熊がそれより気になってたホンダのオフロードバイクは、やはり解体屋のどこにも置いていない。

小熊は、数メートルくらい離れた場所にある、屋根だけのテントの下に座っている棒人間を見た。夕べ小熊は彼について幾つかのことを知った。

民俗学の研究者としてフィールドワークを行っていた頃の彼。一人の少女を助けるために准教授の地位を約束された大学生活を投げ捨てた過去。他者の感情に触れ、それに倦《う》み疲れ、自ら他人との関わりを閉じてしまった男は、解体屋で物言わぬ機械に囲まれる暮らしを選んだ。

手にしていた部品を地面に置いた小熊は、暇に任せて棒人間に話しかけた。

「ＸＬＲにはまだ乗っているんですか？」

世の中には心のある機械というものも存在する。金属と樹脂で出来たバイクは言葉を話したり考えたりしないが、乗り手の意思や感情を反映して、形状や性質を変えることがある。

小熊はまだカブにそういう感想を抱いたことは無いが、ピカピカに磨かれ飾られながら、誰にも顧みられない死んだバイクや、今にも朽ち果てそうなのに、残された寿命を強烈に生きているバイクを見たことはある。

きっと棒人間が少女を助けたのも、そのバイクがあったからではないかと思った。人の感情をほぼ失った彼にほんの少し残った、目の前の不幸な命を救い上げたいという気持ち。それを彼のバイクは増幅させ、実行を可能にしてくれた。小熊の視点から見る限り、彼を人たらしめたのはアイヌの少女でも民俗学の研究でも、マルーンの女でもなく一台のバイク。

人と接した経験に乏しい小熊は、言葉を話すことすらしない棒人間の口らしき穴から何も聞けずとも、彼のバイクを見れば、この藍地という男がどんな奴《やつ》なのかわかる気がした。

棒人間は首をぐるんと回し、小熊を見た。今にも赤く光りそうな目を向ける。それからもう一度首を回して、何も言わず部品を磨く作業に戻った。

それが答えなんだろう。民俗学のフィールドワークに人生を費やし、奇祭の犠牲となった少女を救い上げた彼はもう居ない。あとは今まで研究した題材の後始末のような山梨県内の調査だけで、それが終われば民俗学者としての彼も、マルーンの女との関係も終わる。もう自分があれこれと気を回し奔走したところで、何も出来ないのかもしれない。小熊がそう思った矢先に、不穏な音が近づいてきた。

エンジン音よりタイヤの立てるロードノイズのほうが大きい、相変わらず車であって車でないような、小熊のあまり気に入らない車。レクサスＳＵＶがやってきた。小熊の視覚より先に聴覚が反応した。レクサスと別の音が聞こえる。

もう一台、来る。

レクサスＳＵＶの後ろから、一台のバイクが飛び出してきた。

ホンダＸＬＲ２５０のＢＡＪＡモデル。

今となっては旧車になったオフロードバイクが、レクサスの前に回り込むようにして駐《と》まる。乗っていた人間がグローブを外しヘルメットを取った。紫色がかった長い黒髪と大きな瞳。背は低いが小熊よりいくらか年上に見える女の子。

バイクを降りた少女は、レクサスから降りるマルーンの女を追い越すように、棒人間に駆け寄った。

「藍地！」

少女は棒人間に抱きついた。棒人間は彼女をそっと引き離し、首を振る。

棒人間は何か言った。相変わらずボイラーの蒸気が漏れる音にしか聞こえない、小熊には「だめだ」と言ったことがわかった。少女もわかったらしい。

「もう遅いよ、決めたから」

棒人間はもう一度首を振り、だめだ、と繰り返す。

紫の髪の少女は棒人間の前で両手を広げた。

「じゃあわたしを力ずくで放り出してよ、ブン殴ってでも追っ払ってよ」

　少女は狡《ずる》そうに笑っている。彼がそんなことなど出来ないのを承知している顔。かつて棒人間が大学進学まで面倒を見た少女の元を自ら離れた時、彼に似合わぬ強引な方法を選んだのかもしれない。それが彼の傷となって残り、彼を再び人から遠ざける原因の一つになったことを、この紫の髪の少女は知っている。

「せっかく藍地が保証人になってくれたアパートだけどね、家賃溜《た》めこんで追い出されちゃいそうなの、だからまた藍地のとこに引っ越そうかなって」

　全然悪びれる様子の無い少女に何か言うのを諦めたらしき棒人間は、彼女の乗ってきたオフロードバイクを指差して何か言う。

　紫の髪の少女は、自慢げにバイクのシートを叩《たた》きながら言った。

「藍地が捨ててったから直したんだよ。バイクあると便利だし、新しく買うより安いから」

　棒人間は少女に幾つかのことを聞いた。紫の髪の少女は笑いながら答える。

「直す方法も部品も今はネットで手に入るし、大学？　今五年生だけど多分もう一回くらい留年する」

　棒人間は何度か首を振りながらも、少女の乗ってきたバイクを慣れた仕草で押し、エアストリームの裏手にある整備スペースに入れた。

バイクは小熊が見た目と音で判断しただけでも、整備が行き届いていない様子で、動くのがやっといった感じ。

それでも、ここまで走って来た。

棒人間は自分が救い出した少女の大学生活が、順風満帆とはいかずともまだ続いている、これからも進み続ける意思があることをバイクの状態から察したらしい。

マルーンの女が理解できないといった感じで首を振る横で、事の成り行きを見物していた小熊の前、棒人間が整備スペースの隅にある木箱を開けた。

箱の中身は、ホンダＸＬＲの真新しい部品。彼もまた、少女が助けを求めに来た時は受け入れる準備をしていた様子。

さっそくバイクの整備を始める棒人間の後ろで紫の髪の少女はさかんに手を合わせながら言った。

「つきましては、来年と再来年の学費についてお助けを。パパとママとは連絡取るようになったけど、会社が潰れてそんな余裕無いって言われたんで」

棒人間は少女に背を向け、バイクをメンテナンススタンドで直立させながら、汚れた手を作業ツナギのポケットに無造作に突っ込み、小熊が今まで見たことの無い金属製のクレジットカードを投げ渡そうとしたが、マルーンの女がカードを奪い取り、少女の襟首を鷲《わし》掴《づか》みした。

「本当なら今すぐ放りだしたいとこですが、あなたの論文執筆能力は惜しい。死ぬ気で大学に通って来年中に卒業単位を取得するなら、学費を貸し付けましょう」

紫の髪の少女はあまり信頼できぬ口調で「大丈夫大丈夫」と言っている。

場違いな気分になった小熊が、面倒なことが起きる前に立ち去ろうとしたところ、棒人間に呼び止められた。

手伝ってくれ、というような意味のことを言ったので、小熊は整備スペースまで歩いていきＸＬＲの前にしゃがみこむ。

棒人間は部品を外し、小熊の目にはまだ使えそうに見える部品まで、どんどん新品に換えている。

消耗部品は消耗する前に取り換えて予備に回すというのが、旧《ふる》いバイクを維持する原則とはいえ、もったいないと思った小熊は、作業を手伝いながら棒人間の手元を見た。

普段から解体屋の店主として、仕入れた部品の整備をしている彼は、機械のような無駄の無い手際だったが、今日の機械はいつもより回転が速く調子がいいように思えた。

小熊はこのバイクに乗ることになるアイヌの少女を一瞥《いちべつ》し、それから棒人間を見て肩を竦《すく》め、部品の無駄遣いとしか思えない作業に手を貸した。人もバイクも、離れていたものが再び出会い、もう一度同じ時間を過ごそうというのなら、少しくらい過保護になってもしょうがない。

(30) 車載工具　高校三年　一月

小熊はアパートの駐輪場で、カブの整備をしていた。

大仰な修理というわけでもなく、ネジを一つ締め直すだけ。

カブのリアキャリアと呼ばれる後部荷台を留《と》めているボルトが一つ、いつの間にか外れ紛失していたので、手持ちのボルトで合っている物を探して締め直すことにした。

外れた理由は不明だが、小熊はこのボルトをいじった覚えが無い。きっと前の持ち主の整備ミスだろう。そう思いながら小熊はリアキャリアの穴と車体のリアフェンダーに開けられた穴を合わせてボルトを通し、リアフェンダー裏に指を突っ込んでネジ穴から頭を出したボルトを指で探り、ナットを当てた。

ボルトを指で締められるだけ締めた後、カブに乗り始めた一昨年の夏に買った千円の工具セットに手を伸ばす。

カブの後部ボックスに収まる、小ぶりなアタッシェケースくらいのプラスティック製工具箱に必要な工具の納まった工具セットは、礼子が言うには品質の差が大きい工具セットの中でもかなりの当たり物らしく、小熊はカブの整備で工具の不足や不自由を感じたことが無い。

車載工具というものは強度、精度共に当てにならず、それが本当に必要な緊急時に用を果たしてくれないことがある。スーパーカブといえど例外ではなく、小熊も買った時からついていた車載工具は予備工具としてアパートの部屋に置き、この工具セットをカブに積んでいる。

ソケットレンチのハンドルに、ボルトのサイズに合ったソケットをはめこんだ小熊は、ソケットレンチをボルトの頭に当てた。ハンドルを動かすと、ボルトは何の抵抗もなく回る。

小熊は自分の作業ミスに苦笑した。ネジ穴が切られた穴にボルトを留める時はそれでいいが、車体を貫くボルトなど、反対側からナットで締め付ける方式のボルトは、ボルト頭をレンチで回しながら、ナットを別のレンチで押さえなくてはいけない。

小熊は工具セットを買ってしばらくして買い足したメガネレンチに手を伸ばす。こっちは偶然の当たりには頼らず、物産展で催された倒産品即売会で入念に品質を吟味し、購入した物。

名の知れたブランド品の工具を買えるだけの経済力があれば、こんな手間もいらないんだろうと思った。せめて使用頻度の高いソケットレンチはトネのハンドルとコーケンのソケットくらい揃《そろ》えたい。

今は手元にある工具だけで何とかしなくてはいけないと思った小熊は、メガネレンチをナットに当てようとした。そこで小熊は、ナットのあるフェンダー裏には、太いメガネレンチが入らないことに気づく。

フェンダーとタイヤの狭い隙間。ここに入るのは、もっと細いレンチ。しかし小熊の手持ち工具で、ナットを押さえられるのはこのレンチだけ。ネジ一本を締めるだけの簡単なはずの整備は、工具不足で頓挫した。

結局、作業の邪魔になるタイヤを外し、当初考えていたよりも手間と時間を浪費しつつ、何とか整備を終わらせた。小熊は自分の工具を見ながら思う。これから先もカブを自分で整備し、維持するには、もっと手数が必要になる。

プロの整備士や趣味でバイクをいじっている熟練者の工具箱には、ただ売ってるままの工具だけでなく、自分に使いやすいよう改良した工具が幾つも入っているらしい。礼子も自作、加工した工具を随分持っていた。

数日後、小熊は勝沼にある馴染《なじ》みの解体屋へと向かった。工具は必要だが買える金があるわけではない。ならば手間をかけて中古物や廃品から探し出すしかない。

国道二十号線からフルーツラインと名づけられた広域農道に入り、解体屋に着いた小熊は、相変わらずヒトというよりルーカスの映画に出てくる機械の体をした賞金稼ぎみたいな外見の解体屋店主に挨拶し、今日は工具を探しにきたことを伝える。

肉と骨ではなく鉄の棒を組み合わせて作ったような外見から、小熊が棒人間と呼んでいた店長は廃車と解体部品の積まれた敷地の一角を指差し、声というより呼吸音といったほうが相応《ふさわ》しいような発声で言う。

「百円」

示された先には、ここがフルーツラインに昔からあるということを唯一窺《うかが》わせる物があった。リンゴもブドウも段ボール箱で流通するようになる前の時代にはどこにでもあって、椅子や机の代用として使われていた木の箱。中には廃車から抜き取った車載工具が幾つも放り込まれている。

スーパーマーケットで売られる果物は綺麗《きれい》に洗浄されワックスを塗られるというが、この解体屋の商品はどれも汚れていて、ワックスの替わりにオイルやグリースが付いている。

それは小熊にとってワックスで光り輝くリンゴやミカンよりヨダレの出る代物。

　小熊は木箱に手を突っ込み工具を漁《あさ》り始める。当たり外れの激しい車載工具とはいえ、今は品質より限られた予算で工具を増やすことが優先。この中からも探せば使える物が見つかるだろうと思った。

　ビニールレザーの工具袋に入った工具を出しては点検し、失格点をつけていた小熊は、一つ色違いの物を見つけた。茶色い、どうやらビニールじゃなく革製の工具袋。中身を開けてみたところ、入っている工具は一般的な物ながら、ひどく軽く風が吹けば飛ばされそう。

　軽さから強度を察し、安物と決めつけ失格点をつけようとした小熊は、工具より革製の工具袋に惹《ひ》かれ、他に当たり物も無かったので、その茶色い工具袋を持って棒人間のところに向かう。

　棒人間は工具袋を見て、小熊を見て、それから差し出された百円玉を見て、何かのノイズのような音を発した。小熊はとりあえず百円を渡す。この解体屋にはレジ袋もギフトラッピングのサービスも無さそうなので、小熊は工具をそのまま持って帰った。棒人間は首関節のアクチュエーターが誤作動を起こしたように、頭を左右に振っていた。

　翌日、百円で買った工具を礼子に見せたところ、礼子は文字通り飛び上がった。

「これマクラーレンＦ１の工具よ！」

　国産車、輸入車を問わず車載工具といえば最低限の品質だが、ごく一部の高級車だけは別らしい。オーナーの所有欲をくすぐる豪奢《ごうしゃ》な工具箱には、車両の値段相応の工具が入っていて、日本では一億円で売られたマクラーレンＦ１に標準装備されたＦＡＣＯＭ製車載工具は、原価でも十万円は下らない品質だとか。

　なんだかわからないが、とりあえず当たりの工具を引き当てたことを知った小熊は、カブに積んだ工具セットの中身を幾つかそのＦＡＣＯＭ製のものに替え、入らなかったものや自動車用でカブには用が無いと思われたものは自宅アパートに置いた。

　思いがけず百円の出費で工具が増え、それに応じ整備の手数も増えた小熊には、困りごとも一つ生まれた。

　今度はもうちょっといい工具箱が欲しくなる。

(31) 看護師のカブ　高校三年　二月

シフトペダルを操作した時に、小熊はこのカブのエンジンが交換されていることに気づいた。

青い車体にワンサイズ大きいタイヤとサイドスタンド、そして大径のブレーキ。新聞配達専用車種のプレスカブに、小熊が乗っているスタンダードなカブのエンジンが載せられている。

シフトギアに走行中に三速からニュートラルに入れられないようにするロック機能がこのカブには付いていた。配達で発進停止やニュートラルでの惰性走行を行うプレスカブには付いていないはず。

中古車業者が新聞屋から引き取った廃車と事故車から抜き取ったエンジンを組み合わせ、お安くでっち上げた粗悪な中古カブかと思ったが、それにしては各部の状態がいい。スピードメーターを見て、プレスカブ特有の三速ランプが無いことでエンジンだけでなくメーターも交換されていることに気づいた小熊は、メーター下部の走行距離計を見た。二万kmをちょっと超えたあたり。ブレーキやワイヤー、ゴム部品等の消耗品の走行距離相応の磨耗を見ただけで、メーターの巻き戻し等が行われていないことがわかる。中古のニコイチながら、誠実に組み上げられたカブだった。

非常に興味深いパーツ構成で組まれたカブの前にしゃがみこんでいた小熊は、背後を振り返って言った。

「すぐに直りますよ」

手術後の経過観察やリハビリが順調に進み、入院生活が落ち着いてきた小熊は、松葉杖《まつばづえ》をつきながら病院内を散歩することが多くなった。

まだ外出許可は出ないが、敷地内なら自由に動き回れる。医者からは歩くことを推奨されているし、これもリハビリになるのかもしれない。何より病室でただ何もすることの無い時間を過ごしていると、退屈で傷の治りが遅くなりそうだった。

最初は病院内から始め、売店やリハビリ室との往復で少し寄り道をしてみる積もりだったが、昼には院内の廊下を一通り歩き、午後には病院棟の外に出ていた。

何だか初めてカブに乗った時みたいだと思いながら、病院の裏手を散策していると、カブのエンジンを始動させられず困っている女性を見かけた。

気がつくと、小熊はそのカブを見せて貰《もら》っていた。

カブの持ち主はこの病院の看護師。小熊には見覚えの無い顔。内科の病棟を担当しているらしい。

このカブは彼女が看護学校に通っていた時、困窮し苦学をしていた彼女が通学費用を節約するべく原付を買いに行ったところ、彼女の生い立ちに感動したバイク屋の主人に廃車から状態のいい部品を選んで組み立てて貰い、それ以来看護学校への通学や、就職した今の病院への通勤に活躍してくれたという。

彼女はいつか自分の通った看護学校や、このカブを買ったバイク屋があった地元の病院に就職し、バイク屋夫婦に恩返しをしたいと言っている。

小熊は彼女の身の上話より、カブのあちこちに興味を惹かれた。丁寧に組まれ、大事に乗られていたことが乗り手の口より饒舌《じょうぜつ》に伝わってくる。それでも、日々稼動する機械製品である限り劣化や不調は避けられない。

折れていない足でカブのキックレバーを蹴っただけで、不調の原因は察しがついた。通用口近くに積んであったリネンを入れるプラスティックコンテナを借りてきて椅子替わりに座り、松葉杖を横に置く。

十円玉でカブのサイドカバーを開けて車載工具を取り出した。工具の品質は必要最低限のものだったが、これで充分だと思った小熊は、さっそくカブのレッグシールドを外し、ガソリンコックを閉じ、エアクリーナーとキャブレターを手早く外す。

自分のカブで何度もやっていて慣れた作業。まだ自分が効率的な動きを忘れるほど、事故から時間が経《た》ったわけじゃない。後ろで心配そうに見ている女性からは、魔法でも使っているかのように見えるんだろうか、そう思った小熊の額に滲《にじ》んだ汗を、女性はハンカチで拭いてくれた。

キャブレターを外し、中のガソリンをこぼさないように注意しながらフロートカバーを外す。露出した燃料ジェットを慎重に外すと、やっぱりジェットが詰まっていた。

フロートを見ると、ガソリンに砂粒のようなゴミが混ざっている。このフロートの中身だけでもカブは何ｋｍか走れると思ってガソリンを捨てずにいたが、これだけ汚れていては役に立たないので、カブの後部に取り付けられた荷物ボックスに入っていた雑巾に吸わせた。

燃料ジェットの詰まりを取るには、整備用のエアガンかオフィス機器用のエアスプレーが必要になる。針金で掃除する方法もあるが、デリケートな真鍮《しんちゅう》のジェットを鉄や銅で削るのは気が進まない。

　自宅の駐輪場なら必要なツールは幾らでもあるが、ここにあるのは車載工具のみ。小熊は頭を捻《ひね》った。バイク整備にはこういうことがよくある。正しい工具を正しく使うだけで終わる作業は無い。常に応用と創意工夫が求められる。

　周囲を見回した小熊は、落ちている木の枝を拾った。プライヤーとマイナスドライバーで木を割ったり潰したりして、細い筋の中からちょうどいい太さと固さの物を取り出す。木の繊維を使ってジェットを清掃した後、キャブを組み立ててエンジンに組み付け、エアクリーナーを取り付けた。

　キャブに付いている茶漉《ちゃこ》しのようなフィルターを洗浄した後、ガソリンコックを戻した小熊は片足と松葉杖を使って立ち上がり、カブに跨《またが》る。

　気持ちが落ち着き、今の不自由無い入院生活で溜《た》まっていたフラストレーションが晴れていくのがわかる。それが他人のカブで、片足が使えない状況でも変わらない。

　折れてない足で何度かキックすると、最初は燻《くすぶ》っていたカブのエンジンが息を吹き返す。

　スロットルを煽《あお》って始動に成功したことを確かめた小熊は、レッグシールドを取り付けた。さっきガソリンを吸わせた雑巾で車載工具を拭いていた小熊は、ガソリンにゴミが混入した原因に思い当たる節があり、シートを上げた。

予想通り、給油口の後ろにある燃料ゲージが外されていた。畳んだ雑巾で蓋をしている。

カブの給油口キャップはエンジンキーと共通の鍵を差し込んでから開ける構造になっているが、中古でニコイチのカブや盗難被害歴のあるカブは、エンジンキーとキャップのキーが別々なことがある。

キーを紛失すれば給油口は開かなくなるが、給油口の後ろにある燃料ゲージは四つのネジを外すだけで取れる構造になっている。外した後の穴はガソリンスタンドの給油ノズルを突っ込むのに充分な大きさがあるので、そのまま燃料ゲージの穴から給油している人間がたまに居る。

　メインキーのシリンダーとタンクキャップ、ハンドルロックやヘルメットロック等、キーを使う部品がひとまとめになったキーセットはホンダから供給されているが、値段はそれなり。取り付けも専門業者に依頼すれば、作業部位が広範囲に分散していることもあって、工賃だけで結構な金が飛ぶ。

　だからといって燃料ゲージの穴からの給油は当然、引火等の危険が伴う。今のようにガソリンタンクにゴミが入ることもある。タオル雑巾の繊維は機関部の色々な場所に詰まるので、小熊を含め、ある程度整備経験のある人間や、プロのメカニックはタオルを洗車には使っても作業には使わない。このカブも今キャブレターを分解し清掃しても、また近いうちに始動不能に陥るだろう。

小熊はエンジンが始動可能な状態にすることが出来ると言った。しかしすぐに止まるようなら、小熊が納得できない不完全な作業となる。小熊は一度収納袋に戻した工具を取り出した。

持ち主に燃料キャップの鍵を紛失していることを確かめた小熊は、車載工具を使って鍵を破壊し、キーシリンダーを強引に回してタンクキャップを外す。それからキャップに少々の加工を施して、鍵無しでも開くようにした。

外された燃料ゲージは、幸い後部の荷物ボックスに入っていた。取り付けネジと共にジップロック袋に入れられた燃料ゲージを取り出して元通り取り付け、持ち主に言った。

「これで給油できます。鍵つきのキャップは通販で安く売っているから、それに換えたほうがいいですよ。タンクも今のガソリンを全部抜いて洗浄したほうがいいです」

ネジの締め忘れが無いか確認し、車載工具を元通りの場所に仕舞《しま》った小熊は、腕時計を見る。キャブ清掃とタンクキャップ周りのちょっとした作業で二十分弱。しばらくカブをいじってないにしては、まぁまぁの手際。自宅で愛用の工具を使っていれば、もっと短い時間で綺麗《きれい》な作業が出来ただろう。

カブの持ち主は小熊に何度も頭を下げた。

「助けて頂いてありがとうございます。何かお礼をさせてほしいわ」

小熊は自分の手を雑巾で拭きながら答えた。

「礼を言うのはこちらです。しばらくこういうことをしていなかったから」

持ち主の看護師は首を傾《かし》げる。扱いに少し問題はあったとはいえ、このカブを大切にしている女性、でもきっと彼女にはわからないことがある。小熊はそう思いながら、拭いても取れない黒い痕を見つめた。

バイクをいじると手にはオイルとスラッジが混じりあった黒い汚れがつく。どんなに洗っても爪の隅や指紋の間に残る黒い汚れは、事故でしばらくバイクの整備から離れていた小熊の手から消えていた。最初は汚く見苦しいと思っていた痕が入院生活で失われ、綺麗な手になっていくに従い、自分が培ったものまで無くなってしまうのではないかと不安を抱いていた。

看護師が「いつかあなたが胃潰瘍か腸閉塞でぶっ倒れたら私に任せて」と、あまり歓迎したくないことを言うので、それより幾らか縁起のいい報酬を要求することにした。

「次に会ったらコーヒーとドーナツでも奢《おご》ってください」

彼女はプっと吹き出し、それから小熊に手を差し出した。

「ええ、約束よ」

まだ整備の汚れが残る小熊の手をしっかりと握った看護師はカブに跨り、軽快な音と共に走り去った。

小熊の体が羨望で熱くなる。あと数日すれば外出許可が下り、自分のカブを自分の工具でメンテナンス出来る。

あと少しの時間が小熊には長かった。

手に取るまでもなく、見ただけでこれはもう直らないと思った。

（32）前カゴ　高校三年　二月

小熊がバイク事故による骨折で入院して半月少々。手術の傷口が抜糸されたことで、ようやく外出許可が取れるようになった小熊は、真っ先に自分のカブを預けてあるシノさんの店に直行し、タクシーにぶつけられたカブの修復を始めた。

外装のあちこちが破損していたが、車体の基幹部分に重篤なダメージを負っていない、今の自分みたいなカブの修復作業は、事前に部品を注文しておいたこともあって順調に進む。事故の衝撃を吸収し用を果たした部品を外して、新しい部品を取り付ける。オイルや電球の交換と変わらない。

小熊の主観でいえば、特に壊れていないカブの日常整備に過ぎない交換作業が概《おおむ》ね終わりつつある頃、小熊はある部品を手に取った。

フロントキャリアに取り付けた前カゴ。

カゴはスーパーカブの標準装備とは異なるオプションで、小熊が買った中古カブには付いていなかった。

小熊のカブが装着することになった新聞配達用プレスカブの前カゴは、小熊がメットインスクーターのように荷物が積めず、背負って運ばなくてはいけないカブに不満を覚えていた頃、カブで通学する小熊を見ていた高校の教頭先生がタダでくれたもの。

素直に嬉《うれ》しく思った小熊は感謝を伝えたが、ちょうど礼子のコネでカブの後部に取り付けるスチールボックスを手に入れた直後だったので、嬉しさも何割かディスカウントされた気がする。

以後、小熊のカブの前カゴは、後部ボックスの予備収納として存在感を発揮した。つまりあまり使っていなかった。

重いカゴは確実に燃費や最高速を悪化させるデッドウェイトになるし、ハンドルを左右に切るとカゴがレッグシールドに当たり、僅かながら切れ角が制限される。

小熊がカブのために入手、あるいは購入した物々はいずれも吟味し厳選した品で、幾度もその性能を発揮してくれたが、前カゴはそういう所有欲を満たしてくれる機会に乏しかった。

もう外そうか、あるいはもう少し軽くコンパクトな物に取り替えようかと何度も思わされた、愛憎入り混じる前カゴを、事故で破損するまで付け続けていたのには理由がある。

今から一年ほど前、このめったに使わないカゴは同級生の恵庭椎を助けたことがある。椎がリトルカブを買う前に乗っていたアレックス・モールトンの自転車で冬の川に落ちた時、凍えた椎を自分の部屋まで運んだのは、この大きく重い前カゴだった。

椎を乗せて凍結した急坂を登らなくてはならない状況で、普通の原付二種で二人乗りするように、後部の荷物ボックスを外してキャリアに椎を座らせれば、荷重は後部に集中して前輪は接地力を失い、小熊は椎を乗せた自分のカブと共に坂を転げ落ちる。

荷重が前部に寄っていれば登れると思った小熊は、寒さのあまり自分で動くこともままならぬ椎を持ち上げ、前カゴに放り入れた。

身長一四〇ｃｍに満たぬとはいえ人ひとりの体重を、カブの前カゴと前部キャリアは何の問題も無く受け止めた。新聞配達のカブが毎朝運んでいるタケノコ積みの新聞はもっと重い。

それからもこの前カゴは、基本的に役立つことの無い怠け者としてカブの前部キャリアに居座りつつ、小熊がもうこのカゴを外し捨てようと思ったタイミングでヘンな役に立つ。バイクの世界には、そういう部品、あるいはそういうバイクがあるらしい。もう乗ることが無いから手放そうと思った頃に乗る機会が訪れ、腐れ縁のように捨てられない。

今回の事故もその一環なんだろうかと思いながら、小熊は前カゴを手に取った。

鉄を樹脂でコーティングした、クリーニング屋でタダで貰《もら》える針金ハンガーみたいな作りの前カゴは、その堅牢《けんろう》な構造も車との衝突には勝てずあっさり降参したらしく、全体が変形している。

基本的に体剝《む》き出しで、事故を起こした時に車のようなクラッシャブルゾーンが無いカブで、衝突の衝撃を吸収し小熊を守った前カゴは、最後の役目を終えたように見えた。

小熊はまだ骨折の治療中で片足が使えない不自由な体で、重い前カゴを持ち上げた。カゴの外枠を掴《つか》んで力をこめる。

旧《ふる》いスーパーカブに多用されている鉄というマテリアルは、樹脂のように衝撃を受けて割れることがなく、曲がったらもう一度曲げなおして修正することが出来る。

とりあえず手で曲げてみよう。それで直らないようならこのカゴは捨てる。重いしあまり使わないし、もっと軽いカゴなら解体屋で手に入れることが出来る。

タクシーの前進エネルギーを正面から受け、歪《ゆが》んだ前カゴは、小熊が手で曲げても元の形には戻らなかった。

小熊はカゴを地面に置く。それからカゴの端を折れてないほうの足で踏んずけた。手で曲げてダメなら足がある。足でも戻らない。ならば体重を全部使えばいいと思い、カゴにお尻を乗せて座る。

最終的にはシノさんの店にあった油圧ジャッキまで持ち出してカゴを修正し、ハンマーで細部の歪みまで直した小熊は、元の形と機能を取り戻した前カゴをカブに取り付ける。

役に立つか立たないかじゃない。このカゴを付けたいから付ける。今はめったに使うことの無い前カゴも、いずれまた忘れた頃に何かの用に使うことがあるんだろう。

修復を終え、前カゴが取り付けられたカブを改めて見た時、小熊はそれが愛着というものだということに気づいた。

(33)ガレージライフ　高校三年　三月

　高校の卒業式を数日後に控えた小熊と礼子は、椎の家に集まった。

　いつもの店前ではなく、裏手にあるガレージにカブを駐《と》める。普段は椎の父母が各々の車を駐めているコンクリート造りのシャッターつきガレージの中で、ディレクターズチェアに座った椎が足をぶらぶらさせていた。

　大型車三台が収まりそうなガレージの壁には一通りの工具が揃《そろ》えられていた。それに加え、旧い外車など趣味性の高い車を所有しているオーナーのガレージにはよく置かれている、コーヒーテーブルとチェアのセットもある。

　普段はここに収められている椎の父のローバー・ミニと、椎の母のシボレーＣ－10トラックは、ガレージ脇にある敷地に並べて駐められていた。

　既にリトルカブが駐められたガレージに自分のカブを乗り入れた小熊は、まるで旧車雑誌のグラビアのような風景に思わず笑みが漏れる。小熊がもうすぐ引っ越す予定になっている東京の木造平屋にもＩＳＯコンテナのガレージがある。

椎の両親のように、工具や趣味のコレクションがディスプレイされたガレージの中で、愛車を眺めながらお茶を飲む人間の気持ちが少しわかった。小熊も引っ越し先のガレージには、今まで買い集めた工具や部品に加え、テーブルと椅子を置こうかと思った。

小熊たちが来るまでそういう時間を過ごしていたのか、単にスマホでも見ていたのか、椎は小熊と礼子を席に座らせようとしたが、小熊は礼子と二人で椎を挟み込み、そのまま椎の両脇を持って椅子から持ち上げる。

カフェスペースでお茶を飲み、充実したガレージライフを過ごすのも楽しそうだけど、今は先にやらなくてはいけないことがある。そのために小熊は補習で、礼子はログハウスを引き払う作業で忙しい中、時間を工面してやってきた。

ぶら下げられて足をバタバタさせていた椎をリトルカブに座らせた小熊は、自分のカブの後部ボックスに手を突っ込みながら言った。

「始めるよ」

礼子もハンターカブの前部に取り付けた革ケースを開ける。二人が取り出したのは、使い慣れた自分の工具。

これから三人は、卒業式後に予定しているツーリングに備えた、カブの整備を始める。

家から菜っ葉色の作業用ツナギを着てきた小熊と、ブルーグレイの作業着上下を着た礼子はさっそく自分のカブの横に置いた椅子に座り、足回りの点検を始めた。

椎はクロムメッキの手提げカゴを手に、壁一面に吊《つ》るされた工具を見ていたが、スーパーで欲しいお菓子を手当たり次第に取る子供のように、背を伸ばし壁のフックから外した工具をカゴに放り込んでいる。

整備の内容は、普段行っている日常整備の延長だった。タイヤ、ブレーキ、ワイヤー、オイル、電装の異変をチェックし、各部のネジの締め具合を確かめ、キャブレターやエアクリーナーを清掃する。当然、それらの作業を行う車載工具にも異変が無いか確かめる。

バイクの整備に関しては年季に勝る礼子は、各部の整備を迅速に進めている。小熊も礼子ほどではないが速い作業が出来るようになった。

椎は工具を揃えてみたものの、何をどうすればいいのかわからない様子だったが、小熊が手を取って教える必要も無いと思いながら横目で見ていたら、椎も小熊たちの手元を見ていたらしく、真似《まね》をするように作業を始めた。

作業中の怪我《けが》に気をつけるよう助言したほうがいいかと思ったが、手に残る工具の傷を見た小熊は何も言わなかった。それは自分自身で痛みと共に学ぶこと。まだ間違いが多く危なっかしい椎の作業は、後でフォローしたほうがいいだろう。

早々に整備を終わらせ、ハンドクリーナーで手を洗った礼子が、壁に工具と共に陳列された、ヘインズ社が旧式ミニのために今も出版している整備解説書をめくっている。英語はろくに読めないはずなのに、文字と数字を追っては頷《うなず》いている。主に車と整備の用語が使われた解説書の内容は、礼子にとって日本語やブリティッシュ・イングリッシュよりよっぽど理解できる言葉らしい。

礼子に続いて自分の作業を終わらせた小熊が、まだ最初のボルトが回らず悪戦苦闘している椎を手伝う。自分の腕力では緩められないネジも、頭を使えば回す方法はあると教えたところ、椎は念力のようなものをネジに送り始めたので、手っ取り早く足でレンチを踏んで緩める方法を教えてあげた。このまま椎がネジを回す方法を自分で思いつくまで待っていたら今日中に作業が終わらない。数学の勉強だって設問を解いて覚えるより先に回答と解法を見たほうが効率的なことがある。

結局、リトルカブを整備する作業のほとんどを小熊がやってしまった。まだカブの整備では経験や技量の足りない椎も、もしかしたらそれより重要で有用な、人を動かすスキルに関しては小熊より上手かもしれない。

スーパーカブとは少々勝手の違うリトルカブのメンテナンスも、それほど手こずることも無く終わりそうだった。椎は作業内容より小熊の表情から、もう間もなく整備が完了するという気配を感じ取り、直火《じかび》でエスプレッソを沸かすマキネッタでコーヒーを淹《い》れ始めている。礼子は英語で書かれた解説書に飽きたのか、ディスプレイされたスロットカーを見ている。

　暖色の作業灯で照らされ、鉄とオイルとコーヒーの匂いで満たされたガレージの中で過ごす、三者三様の幸せな時間。

　三人にとって、もうすぐ終わる時間。

（エピローグ）傷／後半　大学一年　四月

冬よりだいぶ長くなった陽《ひ》が傾き、沈み始めていることに気づいた。

これから始める東京での一人暮らしに不安を覚えたのか、それともこれからすぐに始めなくてはいけない部屋の掃除と夕食の支度が面倒になったのか、小熊はカブに触れながら随分長い間考え事をしていた。

カブの車体には傷がついている。フロントフォークに残る細い線のような傷は、礼子と富士山に登った時についたもの。レッグシールドの端にあるひび割れは、椎を助けるため凍結した坂を登った時についたもの。クランクケースの擦《かす》り傷は、ついこの間タクシーと衝突して足を骨折した時のもの。ステップの端を削られたような傷は、どこでついたのか思い出せない。

しばらくの間、車体の傷を眺めていた小熊は立ち上がり、外のコンテナ物置に入った。小熊がシノさんのトラックを借りて引っ越し作業をした時、真っ先に運んだカブの整備用工具と予備部品を持ってコンテナを出る。

陽が沈み周囲がだんだん暗くなる中、小熊は和室の掃き出し窓からの明かりを頼りにカブを磨き始めた。コンパウンドを使って今までついた傷を落とし、もう少し状態が悪くなってから換えようと思っていた部品も交換する。

作業を終え、隅々まで磨き上げられたカブを小熊は見つめた。それほど深い損傷が無かったせいか、カブは傷ひとつ無い姿となっている。

傷とともに思い出すこともある。だからこそ、小熊はこのカブに新しい傷をつけるため古い傷を消した。

いらなくなったからではない。もう胸の中に大事にしまいこんだから。

再びこのカブに傷をつけてしまうことはあるだろう。カブも自分も、生きている限り無傷のままではいられない。

小熊は、これからもスーパーカブに乗る。

あとがき

本作をお買い上げ頂き誠にありがとうございます。

今回のお話はリザーブと称するものです。

ホテルやレストランの予約を表す言葉で、ウィスキーの銘柄でもありますが、バイクに、特に電子制御化される前のバイクに乗っている人間にとって、リザーブとは予備ガソリンを意味するものでもあります。

タンクのガソリンを使い切った状況で燃料コックをリザーブの位置に捻《ひね》れば、予備のガソリンがエンジンに供給され、あと少し走れる機能。

別個のタンクがあるのではなく、燃料コックの高い位置にある吸入口を、低い位置に切り替えてタンクの底のガソリンを掬《すく》い取るという構造ですが、今回お届けする短編集のタイトルによく似合っていると思い、採用させて頂きました。

僕自身もしばしばお世話になるリザーブガソリンは、余りものでも在庫品でもなく、同じタンクの中に存在しながらも、夜中の山中でガス欠になった時などに、乗り手を生きて返してくれる救いのガソリン。

本編では書けなかった、多くは書いた後から思いついた幾つかのお話も、高校生としての時間を終える小熊たちを掬い、救う話になればと思います。

最後に本作品の出版にあたりご協力頂いたスニーカー編集部のKさん、いつも挿絵や口絵で、僕の希望するシチュエーションやツール、そしてキャラクターに並々ならぬこだわりで命を与えてくれる博《ひろ》さん。正確な描写のため幾度も取材や再現作業を行ってくれているコミカライズ担当の蟹丹《かにたん》さん、しばしば僕には行き届かぬバイク専門家としての視点で監修頂いている本田技研工業のみなさまに、心からの感謝を述べさせて頂きます。

旧《ふる》いバイクにお乗りの方々はリザーブまで使っても使っていなくても、給油時には燃料コックの確認を忘れずに。

ガス欠時にリザーブを使えばいいと思ってコックに手を伸ばした時、既にリザーブだと泣きます。泣きました。

トネ・コーケン

スーパーカブ reserve《リザーブ》

著　トネ・コーケン

角川スニーカー文庫　22403

2020年11月１日　初版発行
2021年３月10日　再版発行

発行者　青柳昌行

発　行　株式会社KADOKAWA
〒102-8177 東京都千代田区富士見2-13-3
電話　0570-002-301（ナビダイヤル）

印刷所　株式会社暁印刷
製本所　株式会社ビルディング・ブックセンター

Printed in Japan　ISBN 978-4-04-110871-0　C0193

★ご意見、ご感想をお送りください★
〒102-8177 東京都千代田区富士見 2-13-3
株式会社KADOKAWA　角川スニーカー文庫編集部気付
「トネ・コーケン」先生
「博」先生

角川文庫発刊に際して

角川源義

第二次世界大戦の敗北は、軍事力の敗北であった以上に、私たちの若い文化力の敗退であった。私たちの文化が戦争に対して如何に無力であり、単なるあだ花に過ぎなかったかを、私たちは身を以て体験し痛感した。西洋近代文化の摂取にとって、明治以後八十年の歳月は決して短かすぎたとは言えない。にもかかわらず、近代文化の伝統を確立し、自由な批判と柔軟な良識に富む文化層として自らを形成することに私たちは失敗して来た。そしてこれは、各層への文化の普及滲透を任務とする出版人の責任でもあった。

一九四五年以来、私たちは再び振出しに戻り、第一歩から踏み出すことを余儀なくされた。これは大きな不幸ではあるが、反面、これまでの混沌・未熟・歪曲の中にあった我が国の文化に秩序と確たる基礎を齎らすためには絶好の機会でもある。角川書店は、このような祖国の文化的危機にあたり、微力をも顧みず再建の礎石たるべき抱負と決意とをもって出発したが、ここに創立以来の念願を果すべく角川文庫を発刊する。これまで刊行されたあらゆる全集叢書文庫類の長所と短所とを検討し、古今東西の不朽の典籍を、良心的編集のもとに、廉価に、そして書架にふさわしい美本として、多くのひとびとに提供しようとする。しかし私たちは徒らに百科全書的な知識のジレッタントを作ることを目的とせず、あくまで祖国の文化に秩序と再建への道を示し、この文庫を角川書店の栄ある事業として、今後永久に継続発展せしめ、学芸と教養との殿堂として大成せんことを期したい。多くの読書子の愛情ある忠言と支持とによって、この希望と抱負とを完遂せしめられんことを願う。

一九四九年五月三日

WEB発、
サラリーマン×JKの
同居ラブコメディ。
しめさば
イラスト／ぶーた
ひげを剃る。そして女子高生を拾う。
5年片想いした相手にバッサリ振られた冴えないサラリーマンの吉田。ヤケ酒の帰り道、路上に蹲る女子高生を見つけて——「ヤらせてあげるから泊めて」家出女子高生と、2人きり。秘密の同居生活が始まる。
好評発売中！
スニーカー文庫

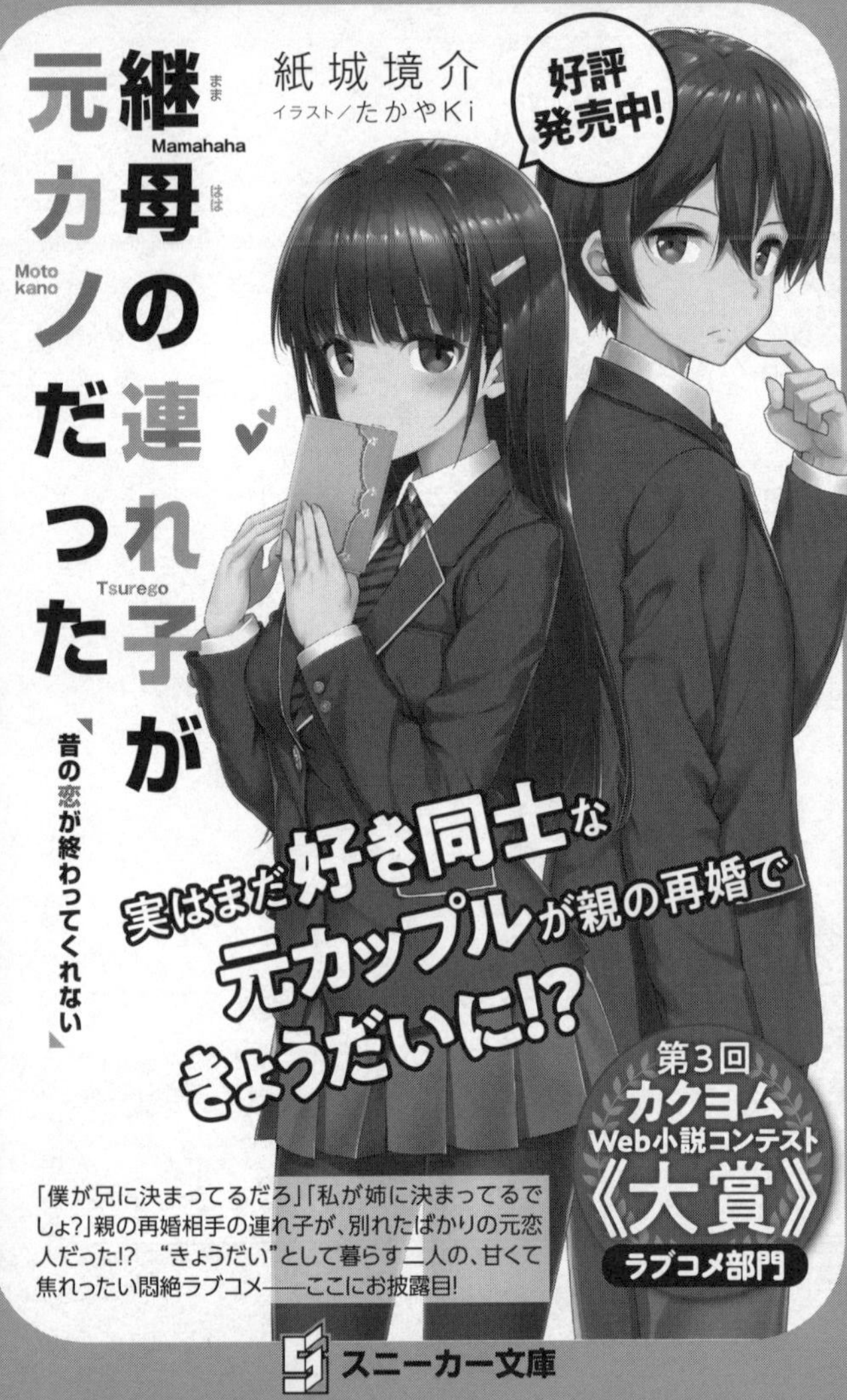

継《まま》母《はは》の連れ子が元カノだった
Mamahaha
Motokano
Tsurego
「昔の恋が終わってくれない」
紙城境介
イラスト／たかやKi
好評発売中!
実はまだ好き同士な元カップルが親の再婚できょうだいに!?
第3回
カクヨム
Web小説コンテスト
《大賞》
ラブコメ部門
「僕が兄に決まってるだろ」「私が姉に決まってるでしょ?」親の再婚相手の連れ子が、別れたばかりの元恋人だった!? “きょうだい”として暮らす二人の、甘くて焦れったい悶絶ラブコメ――ここにお披露目!
スニーカー文庫

終末なにしてますか？もう一度だけ、会えますか？
Akira Kareno
枯野瑛
illustration ue
「終末なにしてますか？ 忙しいですか？
救ってもらっていいですか？」に続く、
次代の黄金妖精《レプラカーン》たちによる新章開幕！
シリーズ絶賛発売中！
〈人間〉は規格外の〈獣〉に蹂躙され滅びた。〈獣〉を倒しうるのは、〈聖剣《カリヨン》〉を振るう黄金妖精《レプラカーン》のみ。戦いののち、〈聖剣〉は引き継がれるが、力を使い果たした妖精たちは死んでゆく。「誰が恋愛脳こじらせた自己犠牲大好きよ！」「君らだ君ら！　自覚ないのかよ自覚は！」廃劇場の上で出会った、先輩に憧れ死を望む黄金妖精と、嘘つき堕鬼種《インプ》の青年位官の、葛藤の上に成り立つ儚い日常。
スニーカー文庫